VERLAG ANTJE
KUNSTMANN

Arezu Weitholz

Der Fisch ist ein Gedicht

Verlag Antje Kunstmann

Inhalt

Zum Anbeissen

Finger Gottes

AN DEN BODENSEE

Wo die wilden Blumen blüh'n
wo Felchen und Elritzen winken
wo die Abendwolken glüh'n
und des Nachts Irrlichter blinken.
Wo Wellen schlagen sanft den Zeh
– da hängt dein Fuß im Bodensee.

DORO, DIE DORADE

Doro, die Dorade
sie liebte Marmelade
Nutella fandse fade
auch Bitterschokolade
die mocht' sie nur so grade.
Das war in Wahrheit schade
denn aus der Konfitüre
wurd' in des Wassers Bade
dünnflüssiges Gerühre.

DER SCHLECHT GELAUNTE ZACKENBARSCH

Der schlecht gelaunte Zackenbarsch
kauft T-Shirts immer extralarge.
Er ist nun mal nicht mehr so schmal
wie früher. Nein, das war einmal.

Wenn er dann also shoppen geht
im Laden vor Regalen steht
bleibt ihm nur diese eine Ecke:
die mit den weiten T-Shirt-Säcken.

Die Frau vom schlecht gelaunten Zacken
würd' lieber dünne Flossen packen.
Deswegen kocht sie jetzt Diät
weil medium ihm besser steht.

Allein der schlecht gelaunte Barsch
mag lieber Sahne und Fromage.
Er liebt die Soßen und den Braten
Kuchen, Kekse, Schokoladen.

Und weil er weiß, er darf nicht essen
ist er nun extralarge verfressen.
Hört ihr ihn rülpsen, kauen, schmatzen?
Man könnte denken, er will platzen.

Der Grund dafür woanders steckt.
Der Barsch hat einen Trick entdeckt
die schlechte Laune zu verschmerzen:
Kübelweise Kichererbsen!

Es ist nicht leicht in extralarge
schon gar nicht für 'nen Zackenbarsch.
Doch wenn du es schon schwerer hast
dann wenigstens mit extra Spaß.

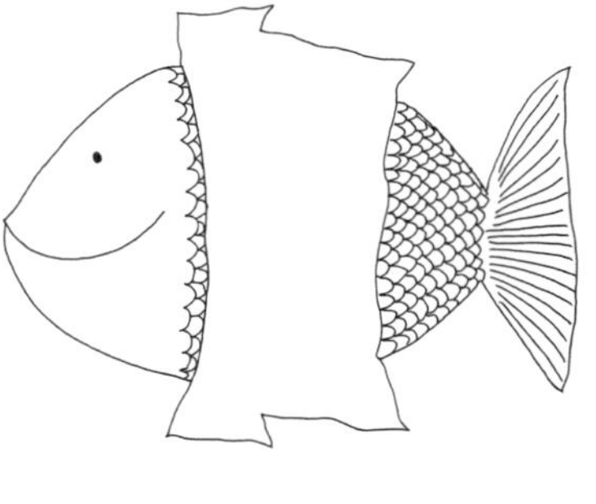

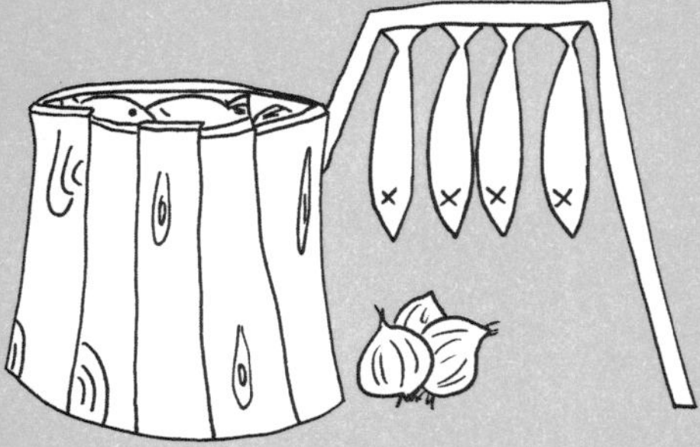

Matjes oder Bismarck? Was sollt' der Hering geben?
Er konnt' sich nicht entscheiden, da blieb er halt am Leben.

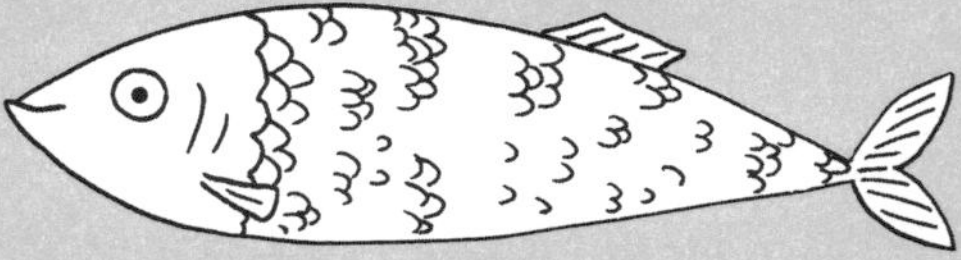

JADEFISCH

Aus Langfang kam der Jadefisch
grün meliert und lila
und thront nun überm Mittagstisch
in dem Lokal »Shangri-La«.

Unbeweglich, elegant
ist er ewiger Garant
für den Wohlstand und das Glück
in dem China-Restaurant.

Huhn süßsauer, Ente kross
Frühlingsrolle, Bambus-Spross
Nasi Goreng, Reis mit Ei
jeden Tag bis kurz vor drei.

Doch ihm tut der Hunger weh
steht er oben am Buffet
sieht er täglich Speis um Speise –
Jadefische leiden leise.

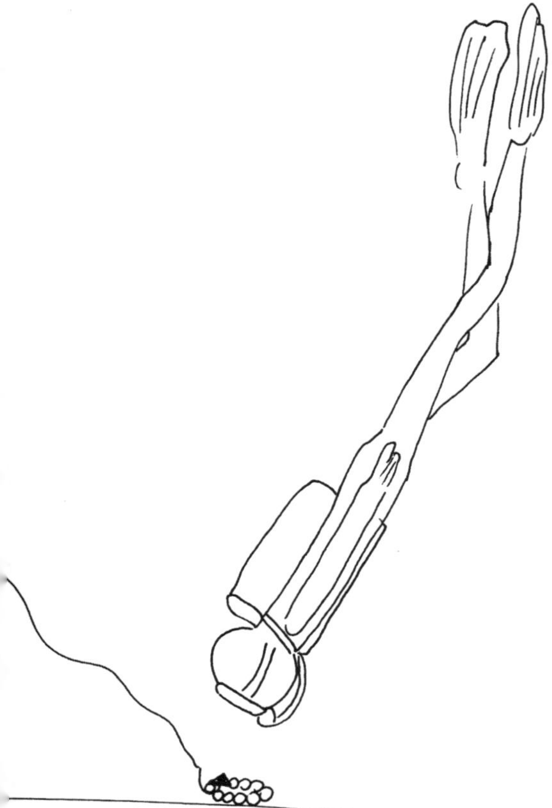

DIE WELSIN EMMELINE

Es ging die Welsin Emmeline
ein jeden Tag in die Kantine.
Sie hatte selten Appetit
doch war sie in den Koch verliebt.

Und täglich stand sie am Buffet
nahm oft nur einen Kräutertee
und warf dem Koch ein Lächeln hin.
Umsonst – es war, als wär' er blind.

Er sah im Leben ein Gericht
sein Herz schlug kulinarisch.
Da war er leider nicht ganz dicht
und auch ein bisschen manisch.

Der Ofen war sein bester Freund
er träumte von Zutaten
sein Gipfel der Gefühle war'n
gebackene Pataten.

So gab nach wochenlangem Ignorieren
die Emmeline sich geschlagen
begann das Essen zu probieren.
Vielleicht ging Liebe durch den Magen.

Sie aß und schmeckte, lobte laut
sie rief: »Herrjeh, wie köstlich!«
Allein der Koch schien nun auch taub.
Jetzt schwieg er nur – fernöstlich.

So wurd' die Welsin Emmeline
jeden Tag ein bisschen mehr.
Und ihr einstmals schönes Mieder
stand ihr nicht mehr sehr.

Vor Kummer stopfte sie sich voll
bald war sie mächtig wie ein Wal.
Da fand der Koch sie plötzlich toll
sagte: »Du bist mein Augenstrahl!«

Er lockte sie hinter den Herd:
»Komm zu mir, Emmeline!«
Dann hat sie sich nicht mehr gewehrt.
Jetzt ist sie Fischterrine.

Der Hunger wurmte ihn so schlimm

da biss er an, jetzt isser hin.

Aller Anfang ist leer

Hunger?

DAS LIED DER GRÄTE

Sie ist fragil
so diffizil
und elegant geschwungen.

Sie glänzt so fein
und ist zwar klein
doch optisch gut gelungen.

Warum nur kann
nicht jedermann
sich gut mit ihr vertragen?

Sie stichelt sehr
und stellt sich quer
auf ihrem Weg zum Magen.

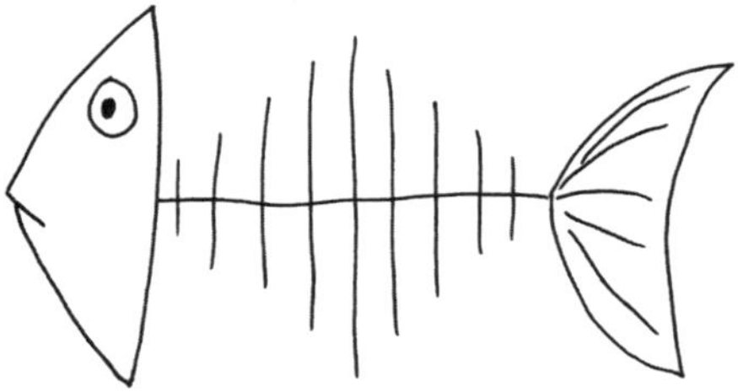

Fische tragen meistens die Zähne im Gesicht

an solchen Tagen beißen sie – an andern eben nicht.

DER HAIFISCH OHNE ZAHN

Vor einer Woche fing es an
als er 'ne Sprotte grad zerdrückt
da zog es plötzlich hintendran
im Gaumen wie verrückt.

Er malmte trotzdem elegant
den Knorpel klitzeklein
doch Kauen, Schlucken ging verdammt
noch mal nicht ohne Pein.

Am nächsten Tag, da spürte er
ein sanftes Pochen und nicht mehr
doch bereits beim Abendbrot
es wieder in den Backen zog.

Der Schmerz ihm in den Kiefer schoss
so heiß und kalt, so kalt und heiß.
Der Hai benutzte Dental Floss
Elmex Gelee und Zähneweiß.

Doch als das Aua bleiben tat
da konnte er nicht mehr
vermeiden, was kein Fisch gern mag:
den Zahnarzt, tief im Meer.

Der Doktor sagte: Sei jetzt stark
ich hab da mal gebohrt
der Karies ist ehrlich arg
der Reißzahn, er muss fort.

Der Hai entsetzt: »Bist du denn weich?
Nimm mir nicht diesen Zahn!
Ein Haifisch ohne den ist gleich
wie Wasser ohne Hahn.

Wie ein Himmel ohne Sterne
wie ein Feuer ohne Wärme
wie ein Hemd ohne Kragen
wie 'ne Antwort ohne Fragen.

Ach, wie ein Hase ohne Fell
wie die Sonne ohne hell.
Wie ein Jäger ohne Wumm
wie der Donner ohne Bumm!

So wie 'ne Wüste ohne Sand
wie 'ne Palme ohne Strand.
wie ein Fisch ganz ohne Gräten
wie 'ne Kirche ohne Beten.

Wie eine Wiese ohne Gras
wie ganz viel Lachen ohne Spaß.
Wie ein Land ohne Erde
auf Französisch einfach merde.«

Und weil der Haifisch, als er sprach
sein Maul so lange weit aufriss
da zog der Zahnarzt, und schon brach
der schlimme Zahn aus dem Gebiss.

Es gibt 'nen Haifisch tief im Meer
der beißt nun nicht mehr zu.
Nur manchmal noch, da fühlt er sich
wie 'n Senkel ohne Schuh.

»Was machst'n du da, Barrakuda?«

»Ich weiß nich. Ich beiß dich.«

DER FISCHFRISEUR

Jeden Samstag, kurz vor sieben
fiel ihm das Erheben schwer.
Liegen wär' er gern geblieben
weil: Er war der Fischfriseur.

Schon um achte schwebten Kunden
dicht gedrängt vor dem Salon:
»Ho, wir warten schon seit Stunden!«
Leidend rief er: »Komme schon!«

Seidenweiche Schleierschwänze
waschen, legen, onduliern
Bartel bis zur Kinnhaargrenze
und dabei das Heck massiern.

Blonde Flossen? Rote Rillen?
Darf's noch etwas kürzer sein?
Und, mein Herr, um Himmels willen
schaltense den Föhn nicht ein!

Neonstreifen? Nicht am Bauch!
Dauerwellen? Dauern heute!
Haarspray? Aber nur ein Hauch!
Und dann kamen noch zwei Bräute.

Keine Zeit für keinen Fischkopp,
alle eilen, keiner schweigt.
Trotzdem – jeder Putz ist tipptopp,
wenn sich Samstagabend neigt.

Endlich hat der Fischfriseur
alle Schuppen weggeräumt
müde sinkt er ab ins Meer
und der Schaum am Ufer schäumt.

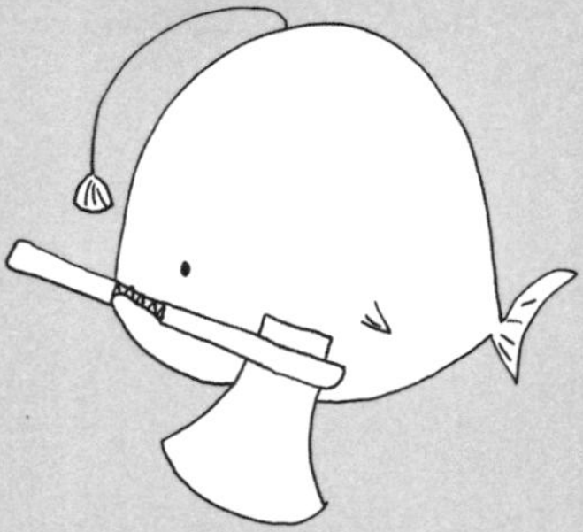

Hätt' der Sägefisch 'ne Säge und der Degenfisch ein Beil

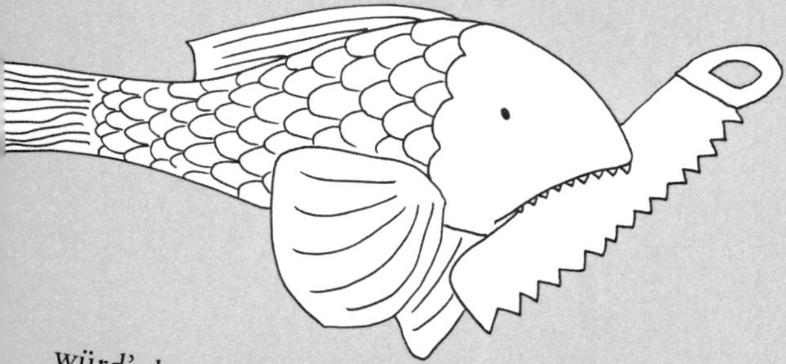

würd' der Angler überlegen, ob er angelt, Petri Heil!

Unterhaltung

Das Missverständnis zwischen einer bayerischen

Elritze und dem Hamburger Karpfen

r hatte Angst vor großer Hitze, Butter, Eiern, Mehl und Schwitze

doch pappgen Reis, den fand er toll, da wurd' er Californiaroll.

WAS DER FISCH SAH

Der See war klar bis auf den Grund.
Der Fisch, er sah ’nen Menschenmund
mit weißen, langen, spitzen Zähnen.
Der Angler, er war grad am Gähnen.

Beißen Sie?

Der traurige Piranha

Es lag an seinen Zähnen,
das war ihm längst gewiss.

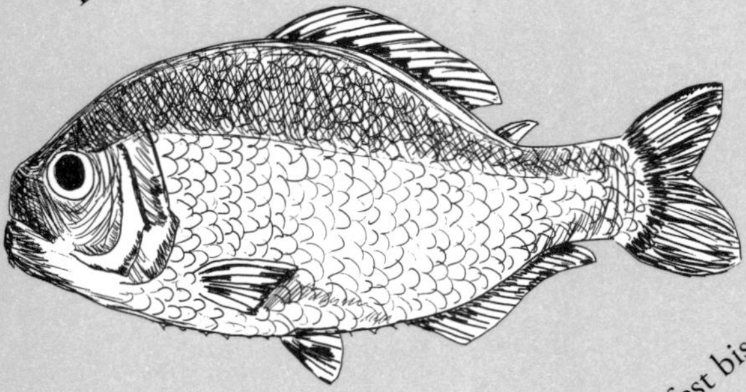

Ihm kamen immer Tränen,
wenn er zu fest biss.

Liebe und letzte Dinge

Liebeshummer

mein lieber fisch
(klein geschrieben, weil keine große liebe)

mein lieber fisch
du fehlst mir sehr.

jetzt im moment
und nachher auch.
warum bist du bloß
wech getaucht.

hier oben auf der erde, nun
ist alles trocken, und ich kann nix tun –
außer heulen, wenn die gelbe scheint
als wär' das meer

gar nicht so sehr
vom schickensal
für uns gemeint.

vergess dich nicht und denke viel
an deinen rückenkraulenstil.
lass dich nicht fressen

pass bloß auf.
ist still im ozean
wo ich ersauf.

Fußball-Liebe

In der Liebe ist es wie beim Fußball:
Wenn das Spiel in der Defensive bleibt,

entscheidet am Ende irgendein blöder Zufallstreffer.

VERLIEBT IN EINEN FISCH

Er redet nicht so gerne
viel lieber hört er zu.
Hat Augen wie zwei Sterne
die sagen: Du, nur du!

Er hat halt Angst vor Wellen
ein Trauma, als er jünger war.
Er will sich dem bald stellen
solang mach' ich das Futter klar.

Oft taucht er ab nach Irgendwo
so schnell kannst gar nicht gucken.
Ich finde das auch richtig so
immer dies Zusammenglucken!

Er hat ja so viel Taktgefühl
vor allem, wenn er mich mal küsst.
Empfindsamkeit, die macht ihn kühl
ich weiß, wie er in Wahrheit ist.

Er kennt sich aus im weiten Meer
er ist auch hochbegabt.
Kein Wunder fällt ihm Fischsein schwer.
Was ihr nur alle habt!

Die Schuppen, nee, sie stören nicht
nur manchmal etwas kalt
das alles fällt nicht ins Gewicht:
Ich bin in ihn verknallt.

Goldfisch

Goldfisch am Weinen

DIE MEERJUNGFRAU

Sie träumte von Manolos
von Blahniks, MiuMius
von Louboutin-Stilettos
und goldnen Jimmy Choos.

Von Peeptoes, Stiefeletten
von Mules und Kittenheels
doch Slingbackpantoletten
oh – die Höhe des Gefühls!

Und jeden Abend weinte sie
im abendlichen Glanz.
Wie gerne hätt' sie Füße
und nicht den doofen Schwanz.

Im Bauch der Nacht träumte der Karpfen vom Fliegen.

Aufgewacht ist er geräuchert – im Liegen.

DER SCHNÄPEL

Ein Schnäpel aus dem See in Plön
der konnt' sich nicht entscheiden.
Er hielt es nicht für ein Problem
er braucht' halt zwei von beiden.

Sollt' er bleiben, wollt' er gehen
ganz egal wohin.
Kam ein Mädchen, ließ er's stehn
und war trotzdem hin.

Das ganze Leben war ihm wie
ein schwebendes Verfahren
das nie verloren war, es schien
sich gerne zu vertagen.

Nun gab es da zwei Schnäpeldamen
in dem See in Plön.
Und jede wollt' ihn für sich haben
denn er war auch schön.

»Entscheide dich, und zwar für mich!«
sagte ihm die eine.
Die andre zog ihn hin zu sich:
»Ich bin's oder keine!«

Sie machten ihm das Leben schwer
und das Herz halb voll, halb leer.
Er wurde mager und sehr schmal
nachdenklich mit einem Mal.

Am Ende war er leicht wie Licht
und zart wie ein Gefühl.
Ganz tief gespalten innerlich
und seelisch aufgewühlt.

Dann plötzlich – ritsch – zerriss es ihn
zwischen Kopf und Schwanz.
Und nun hat jede was von ihm
doch keine hat ihn ganz.

FISCHLIEBE

Willst du die Liebe einer Quappe
halt am Ufer deine Klappe.
Willst du die Gunst der Ukelei
tu, als wärs dir einerlei.
Willst du rühren eine Zährte
red sie an mit Hochverehrte.
Willst du das Herz von einem Wal
sing ein Lied, und gleich noch mal.
Willst du die Freundschaft der Elritze
treib die Würmer auf die Spitze.
Doch willst du einen Kuss vom Schneider
kriegst du nasse Füße, leider.

Fischköppe

Ein Fisch, er tauchte tief im Meer.

Er fand den Grund, den brauchte er.

SPROTTENKÜSSE

Die Sprotte irgendwann begann
zu suchen nach ’nem Sprottenmann.

Der erste tat, als wär’ er klug
gebildet, und er sprach
ganz vorbildlich, er lud sie ein
und sie gab etwas nach.

Sie ließ ihn zaghaft an sich ran
doch fühlt’ es sich nicht richtig an.
Sie sagte ihm: Adieu, mein Freund
auch du bist nicht, was ich erträumt.

Ein andrer küsste sie sofort
ein dritter ließ sie nicht mehr fort.
Der vierte trug ’ne feste Klammer
der fünfte sagte: »Hallo, Mama«.

Und die dann nach ihm kamen, ja
die küssten zart und forsch und weich
und wild und knabbernd, bissen gar
doch sie, sie wusste immer gleich
sobald die Lippen sich berühren:
Der isses nicht, ich kann es spüren.

Sie wurde älter und versiert
hat ihre Technik präzisiert
und sucht noch immer diesen Mann
der wirklich richtig küssen kann.

Und falls mal wer den Grund will wissen,
sagt sie mit einem Achselzucken:
Im Leben muss man Frösche küssen
doch noch viel öfter Kröten schlucken!

Gewichtsprobleme

3
Ich bin zu dünn...

Ein Fisch, der weder tot noch fit

der bringt Infektionen mit.

DER TOD DES KABELJAUS

Ein neunmalschlauer Kabeljau
sprach auf dem Sterbebett zu seiner Frau:
»Ich bin, das weiß ich ganz genau
sehr bald ein toter Kabeljau.

So versprich, wenn ich dann scheide
lass keinen Doktor zu mir rein.
Auch das Beten bitte meide
und die Organe bleiben mein!

Mein Herz, mein Hirn und meine Leber
lass keinesfalls rausoperiern.
Ich war noch nie ein großer Geber
und will nicht hohl reinkarniern.

Vergrab mich nicht in dunkler Erde
und bitte äscher mich nicht ein.
Denn heißt es nicht auch: stirb und werde –
oder wie war das gemeint?«

Da fuhr ein Fischer längs im See
und käscht die zwei aus dem Palaver.
Jetzt sindse beide Fischfilet
bestattet in Panade – schade.

DER NÄCHSTE FISK

Frau Klippfisk aus dem tiefen Fjord
war so emotional.
Sie sehnte sich in einem fort
nach Liebe, Leiden, Qual.

Im Norden aber war man kühl
und gab sich reserviert.
Frau Klippfisk brauchte mehr Gefühl
und dass da was passiert.

Kopfüber stürzte sie hinfort
es war kristallen klar –
die große Liebe war wohl dort
wo alles wärmer war.

Bald stahl aus ihrer Brust das Herz
ein Wal aus dem Atlantik.
Doch seins war kalt und schwer wie Erz
und nix für die Romantik.

Ihr zweiter Romeo war Hecht
gefährlich, wild und roh.
Nur treu sein konnt' er leider schlecht
und Küssen war nicht so.

Der Dritte, dem sie hinverfiel
war von Beruf Delfin.
Er lachte gerne, nur zu viel
er durfte weiterziehn.

Beinah hätt sie sich dann getraut
mit einem Tigerhai.
Doch wollte der gar keine Braut
nur lose Liebelei.

Beim nächsten Fisk, so schwor sie sich
wird alles, alles gut!
Doch jedes Mal, man glaubt es nicht
kam noch 'ne Tränenflut.

Heut' ist ihr Herz ganz tief und leer
so wie der kalte Fjord.
Kein Fisk, der warm gewesen wär'
sie wohnt auch wieder dort.

Buddha bei die Fische

DIE WÜRFELQUALLE

Oh, wie sie tanzt und wie sie schaut
wie elegant sie um sich haut!
Na, lass uns lieber Abstand halten
Kuscheln läuft nicht mit der Alten.
Was, du hast dich grad verschossen
über beide Rückenflossen?
Sag mal, bist du nicht ganz dicht?
Die ist giftig, und die sticht!
Wie? Da kann sie gar nix für
das arme Würfelquallentier?
Ach so, die Augen und der Mund
beide traurig, beide rund.
Einsam isse auch, ja meinste?
Unsinn. Hinterher, da weinste.
Nein! Halt! Vorsicht!
Ist der schlicht!
Ich sage noch:
Umarmse nicht!

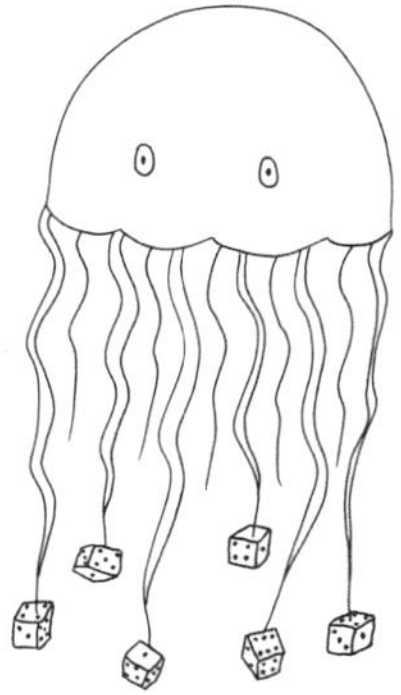

IM WAL

Ob die Erde eine Scheibe
ob die Mama dich geliebt
ob die Zeit hat eine Bleibe
ob es schwarze Löcher gibt.

Ob der Mensch stammt ab vom Affen
ob's das Huhn gab vor dem Ei
wer die Schwerkraft hat erschaffen
ist in Wahrheit einerlei.

Denn das ganze Universum
wohnt im Bauch von einem Wal.
Daher lasst die Wale leben –
sonst heißt es bald: Es war einmal.

Wenn Guramis nass sich küssen
andre Fische was vermissen.

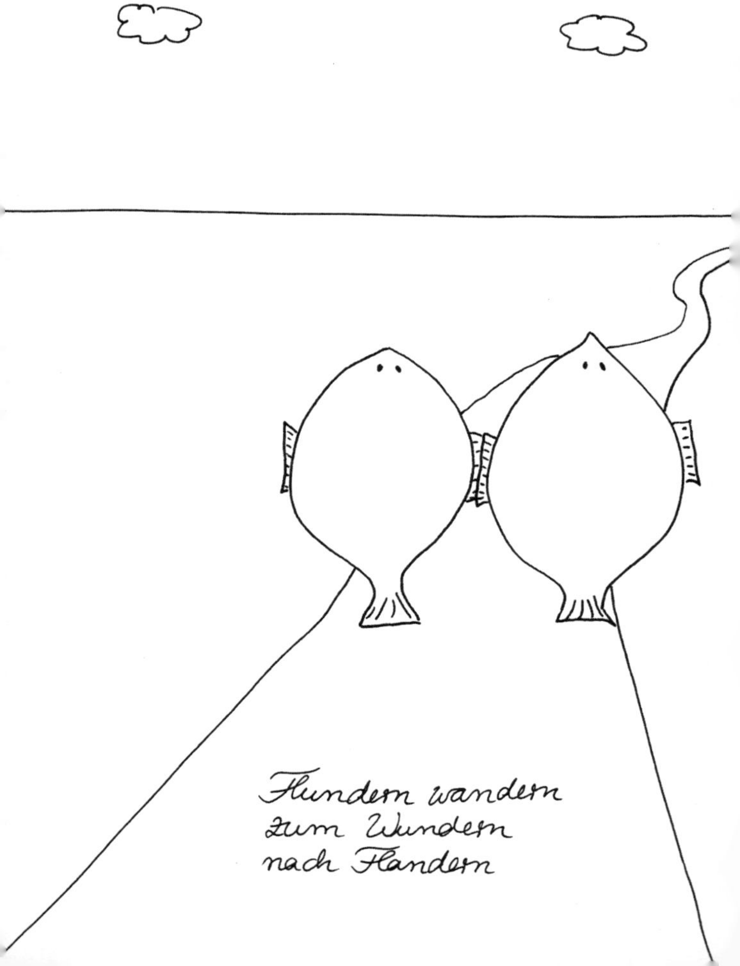
Flundern wandern
zum Wundern
nach Flandern

WUNDERT SICH DIE FLUNDER

Wer lässt mich vom Sande träumen?
Wieso bin ich nur so matt?
Muss die Liebe überschäumen?
Warum wird das Meer zum Watt?

Gibt es Gott, und ist er weise?
Macht er alle Wunder wahr?
Diese Dinge dachte leise
flach am Grund die Flunder da.

Fragen wiegen Zentnertonnen
weil man nie ’ne Antwort hat.
Um vom Grübeln ganz benommen
ist die Flunder heute platt.

DER PHILOSOFISCH IM WINTER

Bin ich ich
ein Fisch, ein Floh?
Bin ich nich
in Wahrheit froh?

Bin ich das Meer?
Bin ich die Flut?
Ist alles wahr
ist alles gut?

Wo geht es hin?
Wer lenkt den Weg?
Bin ich schon tot
bin ich zu spät?

Bin ich aus Eis
und Schnee gebaut?
Tut es wohl weh
wenn es mal taut?

Will ich, will ich
will mich nur was?
Und wenns mich will:
was soll denn das?

Wenn's heißt, der Fisch ist ein Gedicht

dann meist ihn selber freut es nicht.

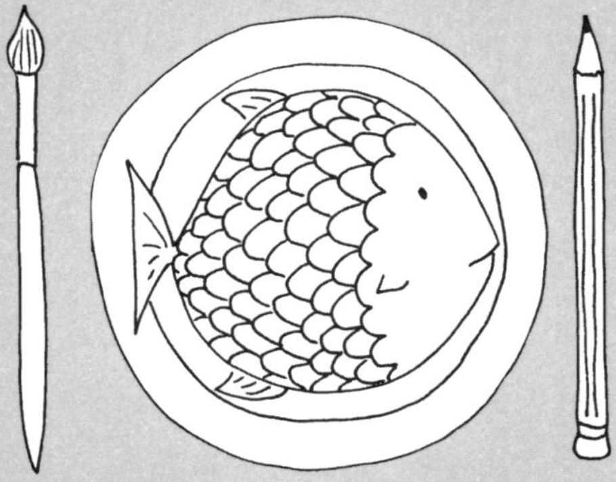

Einzelgänger und Schwärme

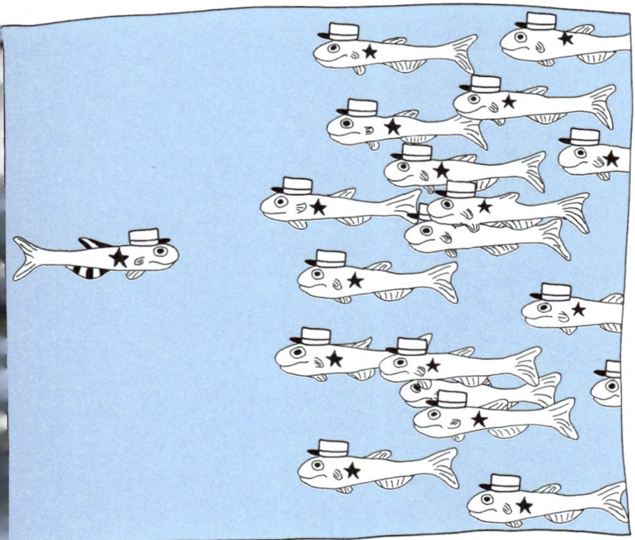

DER STERNENGUCKER

Er sieht keine Algen.
Er sieht keinen Sand.
Er sieht keine Felsen.
Er sieht keinen Strand.
Er schaut nur nach oben
ins Himmelszelt
auf dass ihm ein Stern
ins Auge fällt.

Weissagung der Sardinen

DER GLIPSCHFISCH

Wenn man ihn ruft, ist er grad taub.
Wenn man ihn braucht, auf Kurzurlaub.
Wenn man ihn ansieht, lächelt er.
Soll er bezahlen, schwächelt er.
Will man ihn fassen, zieht er blank.
Will man ihn hassen, wird er krank.
Er ist – kurzum – ein Fisch mit Stil
mit sagenhaftem Taktgefühl.
Glatt wie ein Aal in jeder Welle
ist er der Fisch für alle Fälle.

DER HEILIGE SANKT PETER

Bist du als Fisch in Hochseenöten
hilft dir Sankt Peter mit Gebeten.
Er kann heilen fern und nah
Sankt Peter ist für alle da.

Doch war des Peters Naturell
nicht immer so spirituell.
Nachts lag er wach und dachte nach
ob einer lenkt, wer ihn gemacht.

Dann schrieb er heimlich wirre Reden.
Begann besoffen aufzutreten.
Hart fraß der Stoff an seinen Gräten
doch er? Wollt' immer weiterlöten.

Es ging bergab mit heilig Peter
und wär' beinahe bös' geendet
doch fing er sich 'ne Weile später
– die Lyrik hat ihn umgewendet.

Er hörte nämlich jemand weinen
ganz tief in seinen Innerein
und flocht die abgrundschönen Reime
in seinen nächsten Sermon rein.

Und wie die Litaneien rocken
kein Platz am Sonntagabend leer.
Denn ist der Fisch erst richtig trocken
braucht er den Glauben umso mehr.

DER STOCKFISCH

Da geht er hin, der alte Fisch am Stock
ganz hart und fahl, so dürr und kahl.
Doch er, der heut' vor Würde starr
als junger Fisch ein andrer war.

Mit den Reichen war er dick
bei den Eitlen immer schick
für die Klugen war er schlau
dem Deprimierten war er grau.

Mit den Schnellen war er fix
den Nihilisten war er nix
war für die Schönen so ästhetisch
und mit Ästheten hochpoetisch.

Kurz – er war was jeder brauchte
nur er selber war er nie – warum auch?

Schaut, da geht er hin, der Alte!
So verkniffen und so hager
ach, so eisern und so mager
mit seinem Stock in sturer Pose
man nennt ihn heut' den Ruhelosen.

DIE ANGST DER BRASSE

Sie überwand die Scheu vor Aalen
stellte gar das Stottern ein
und die Furcht vor großen Walen
kriegte sie bald nicht mehr klein.
Es blieb jedoch das ganze Leben
eine Angst der Brasse treu.
Haie? Angeln? Ach, von wegen!
Sie war wa wa wasserscheu.

BERND, DER STÖR

Frühmorgens schläft das Meer noch tief
er ist schon lange wach.
Fischfröhlich singt er laut und schief
zum Frühstück gibt es Krach.

Er hat 'ne interessierte Nase
und guckt gern begabt.
Er liebt die eher hohle Phrase
und den duften Rat.

Hätten Fische Ohren
kaute er sie ab –
kein Wort ist verloren
solange er es sagt.

Er weiß werwer wiewo und was
und immer alles besser.
Sind andre Fische einfach nass
ist er natürlich nässer.

Und weil Geduld ein Faden ist
wär' ihm der Meereszorn gewiss
doch ist der Fisch auch Linguist
der hört, wenn man präzise ist

– und um den Frieden zu bewahren
gab man ihm einen neuen Namen.
Wenn du ihn also kommen hörst
sag einfach: »Hallo, Bernd. Du störst.«

DIE KRAKE

Die kleine Krake Kasimir
ist ein bisschen schlicht.
Sie kann sich keine Reime merken
und auch kein Gedicht.

Wal auf Aal, das ist zu viel
Hecht auf echt erst recht.
Welle, Delle, Siel und Kiel
geh'n auch eher schlecht.

Not und Krake sind am Ringen
doch dann ersinnt sie eine List:
Immer einen Knoten schlingen
damit sie keinen Reim vergisst.

Heute ihr Gedichte glücken
und man lobt sie in der See.
Nur das Schwimmen kann sie knicken
denn sie ist jetzt Makramee.

DER BLINDFISCH

(An den Anglerfisch)

Tief unter dem Vulkan
in ewig dunkler Nacht
wo niemals Fische war'n
hält einer einsam Wacht.
Eiskalter Grund umhüllt
ein Licht, ganz zart und grau.
Sein einzig Auge füllt
das ewig schwarze Blau.
So still und ohne Laut
geht alle Zeit dahin.
Er sieht mit blindem Aug'
wo keine Augen sind.
Und kommt die Müdigkeit
macht er 'ne Lampe an.
Weil er bei Dunkelheit
nun mal nicht schlafen kann.

DER HECHT

Inmitten eines Hochseetiefs
die Heringe der Mut verließ
allein ein Fisch die Stellung hielt:
Der Hecht, er hatte recht.

Und als ein Kutter Netze warf
die Schwärme das Gehetze traf
gab's einen, der nach links abzielt:
Der Hecht, er hatte recht.

Im Herbst wurde das Futter rar
manch einer kam dem Hunger nah.
Wer hatte keinen Appetit?
Der Hecht, ihm war so schlecht.

Die Celsiusse sanken bald
kein Fisch verübte mehr Gewalt.
Nur einer schimpfte aus Prinzip:
Der Hecht pocht auf sein Recht.

Doch als das Eis die Ostsee brach
und Sonnenschein das Wasser stach
man weit im Meer von Liebe träumt.
Der Hecht zitierte Brecht.

Wie alle miteinander laichten
lustvoll den Zenit erreichten
da war der Fisch dem Fisch ein Freund.
Dem Hecht war das nicht Recht.

Bald kam das nächste Hochseetief
und wieder lief der Seegang schief.
Dies Mal kein Fisch die Stellung hielt.
Der Hecht war echt geschwächt.

AUF DER FLUCHT

Der Zander war ein Eremit
und auch ein Misantrof.
Er war alleine aus Prinzip
denn Fische fand er doof.

Er spürte, wie mit Echolot
Ideen in ihm versanken.
Er machte sich nie Abendbrot
er machte sich Gedanken.

Er spielte mit Abstrakten
und fragte sich warum
war trotz der vielen Fakten
der Fisch nicht taub, doch stumm.

Nun brachte ihn aus dem Konzept
'ne Nachbarin im Fels.
Sie war redselig und sehr fett
ansonsten warse Wels.

Die Nachbarin, sie nervte ihn.
Er floh, sie hinterher.
Er tauchte ab, sie folgte ihm
quasselnd durch das Meer.

Verzweifelt sprang er dann an Land:
Endlich bin ich allein!
Und hat beim Sterben noch erkannt:
Labern kann tödlich sein.

DER GOLDFISCH

Man gab den Goldfisch in ein Glas
mit Wasser, Sand und Stein.
Und auch das Futter, das er aß
das kippte man da rein.

Oft sagte man ihm »Guten Tag«
und klopfte manchmal an.
Man dachte sich, der Goldfisch mag
Gesellschaft dann und wann.

Der Goldfisch aber schwungvoll schwamm
erst rechts, dann links herum.
Doch war das Kreisen irgendwann
dem güldnen Fisch zu dumm.

Das Glas war rund, die Welt war's nicht
und grell schien Neonlicht
in diesen Raum aus Glas und Sand
und nie war er für sich.

Er träumte von der Einsamkeit
im weiten, tiefen Meer
von totenstiller Heiterkeit
so blau und doch so leer.

Der Goldfisch wurde deprimiert
und wie das dann so ist
ganz blass und desillusioniert
so wie ein Nihilist.

Das Gold fiel ab, der helle Schein
heut' ist er transparent.
Und endlich lässt man ihn allein
weil keiner ihn erkennt.

LARS, DER LACHS

Lars, der Lachs, war Kettenraucher
fand er gut, die andern nicht.
War'n sie cool und nass, so braucht er
Nikotin wie wahnsinnich.

Lars, der Lachs, an Land er rauchte
und die Luft bekam ihm nicht.
Jeder Zug ihn tierisch schlauchte
war ja Gift an und für sich.

Und er stank auf zehn Seemeilen
gegen Strömung, Wind und Gischt.
Kam er, sah er Schatten eilen
von ihm weg floh jeder Fisch.

Von dannen seine Freunde sprangen
Wellen tief und Flüsse hoch
und dann ließen sie sich fangen
als Lars grad anner Kippe zog.

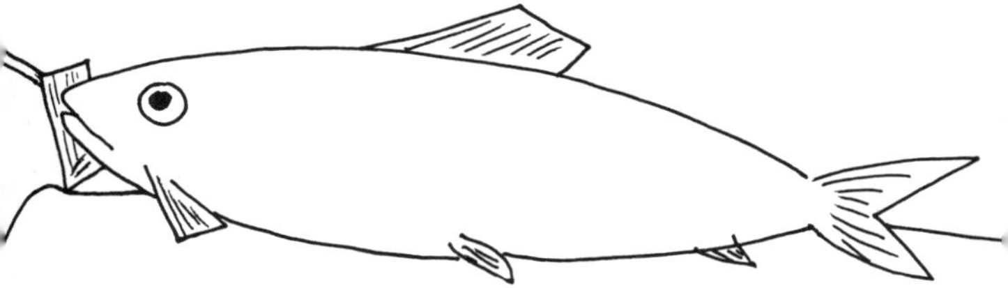

DER FLOTTE HAI

Was jeder weiß, weil er es kennt
wenn er frühmorgens mal verpennt
widerfuhr dem flotten Hai
neulich mittags kurz nach zwei.

Längst war'n seine Haikollegen
auf der Jagd, was zu erlegen
und er raste hinterher
mit Karacho durch das Meer.

Doch, wo immer er auch ankam
war die Beute längst vom Teller.
Und mit Recht der Hai dann annahm:
Ich bin schnell, die Zeit ist schneller.

Der Heringskönig in Gedanken:

Wohin die Untertanen sanken?

AN DEN WESSLINGER SEE

Still und blank, so ruhte er
zwischen Weiden, Steg und Kies.
Leise rauscht' Berufsverkehr
Badehäuser standen schief.

Da, ein Stern im Spiegelglatt
traf ein Tropfen Regen ein.
Und mit hunderttausend Watt
fielen auch die andern rein.

Millionen Perlen, zart und kühl
sprenkelten den See, doch schaut:
Was von oben ein Idyll
war dem Karpfen viel zu laut.

Tief und tiefer sank er hin
suchte Stille, fand nur Krach
und er flucht' mit stummer Stimm:
»Mei, geht oam der Herbst aufs Dach!«

DER KLEINE BUTT

Der kleine Butt war Einzelkind
und hatte viele Fragen, doch
weil Einzelkinder einzeln sind
konnt' er sie keinem sagen.

Da kam ein Seepferd angeschwommen
voll Anmut und ganz unverdrossen.
Klein-Butt sah seine Chance kommen:
»Verzeihung, wozu haben Fische Flossen?«

Das Pferd sah Buttkind dringend an
und sagte dann (hochkonzenriert):
»Die sind an jedem Fische dran
damit er besser navigiert!«

»Und warum haben Fische Kiemen?«
– der kleine Butt kam jetzt in Fahrt.
»Ersticken würd sich nicht geziemen,
und wäre auch ein schlechter Rat.«

»Und warum ham' wir keine Flügel
oder wenigstens ein Bein?«
»Mein Kind, ein Fisch ist doch kein Fahrrad
und wird nie eines sein.«

»Oh, bitte, nur noch eine Frage
und die ist auch ganz klein:
Wie kommen denn die Gräten
in die Fische rein?«

Da war das Pferdchen überfragt
und wurde plötzlich stumm.
Und seitdem hüpft das Seepferd
dumm auf der Stelle rum.

DER KLIPPENBARSCH
(oder: Der Gulli)

Wo die Straßen keine Namen
wo das Pflaster hart und harsch
wo der Himmel nie zu sehen
verlief sich mal ein Klippenbarsch.

Weiß und fahl erglühten Lichter
laut und wütend der Verkehr
grau und trübe die Gesichter
es war tief, das Häusermeer.

Block um Block der Barsch geschlendert
nirgends fand er einen Halt.
Einsamkeit sein Herz verändert
schlug bald kalt wie der Asphalt.

Dann, an einer Straßenecke
blinkten Lichter, gelb und rot.
Durch dies runde Loch im Boden
warf er sich. Jetzt ist er tot.

BERLINER AUSTER

Wenn du ihr Guten Morgen sagst
verziehtse ihr Jesicht.
Wenn du sie nach der Lage fragst
hörtse einfach nicht.

Willst du promenieren gehen
drehtse sich hinweg.
Schenkst du ihr dein Lächeln
kautse leise Dreck.

Du machst ihr Komplimente
Geschenke, doch sie tut
als wär' das permanente
Nettsein gar nicht gut.

Wie kann es so was geben
dass so ja nüscht bei der klappt?
Ihr Körper ist zujejen
nur sie ist einjeschnappt!

DER PILOTFISCH

Ein kleiner Fisch ist von Beruf
Pilot, und das heißt, er
muss immer, wenn der Rochen ruft
dem Rochen hinterher.
Doch gerne springt er aus der Flut
und sinkt wieder hinab.
Fliegen kann er richtig gut
nur ist die Luft so knapp.
Ach, wär' er doch den Rochen los
wär' vogelfrei und froh.
Doch er ist klein, der Rochen groß
»Und das gehört auch so!«
entrüsten sich die Möwen sehr:
»Wo käm wa denn da hin?
Wenn alle Fische flögen, wär
das Meer ja ohne Sinn!«
»Entspannt euch, brummt der Rochen, nü,
das macht ihm schon noch Spaß!
In Wahrheit ist doch Wasser wie
der Himmel – nur in nass.«

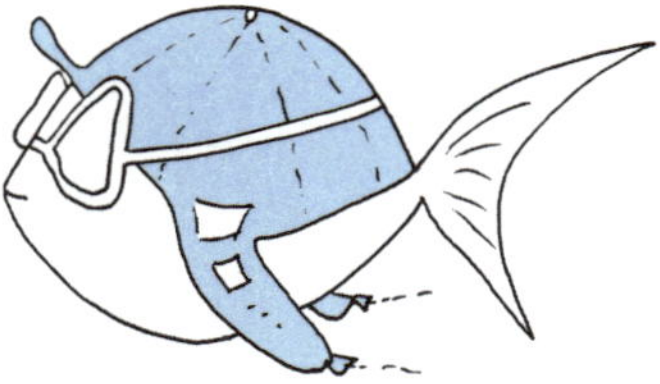

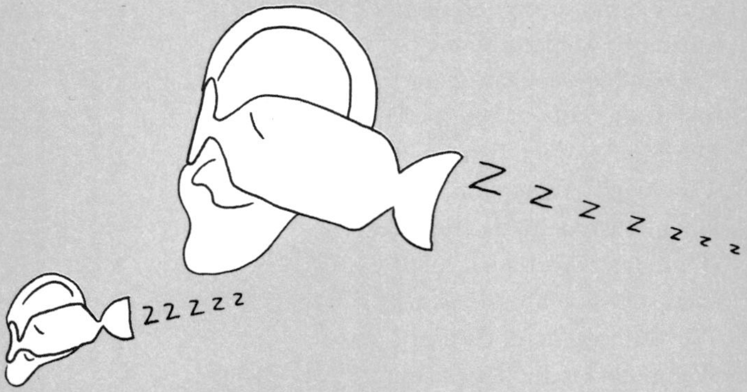

Und im Ohr von Arthur Dent

der Babelfisch ’ne Runde pennt.

DER KARPFEN AN NEUJAHR

Ein Karpfen hatte Kummer
und wusste nicht warum.
So warf er seine Sorgen
in einen Liter Rum.

Jetzt hat er einen Kater
und weiß genau warum.
Sorgen können ertrinken
und kommen doch nicht um.

BABELFISCHE

Warum heißt der Heilbutt Scholle
und die Scholle manchmal Butt?
Wer nennt Dorsche – sind sie olle
einfach Kabeljau – und gut?

Warum ist der Kleist ein Buttfisch?
Und der Seehase ein Lump?
Warum heißt auf Bodenseeisch
Renke Felchen – ohne Grund?

Warum ist der Hechtbarsch Zander
weder Barsch noch wahrer Hecht?
Ach, man kommt ganz durcheinander
mit dem Namen und Geschlecht.

Äsche, Egli, Huchen, Schill
Pigge, Alse, Blicke, Krill
Laube, Lotte, Waller, Schlei
– ist jedoch ganz einerlei.

Kann er unter Wasser atmen?
Taucht er ab und wieder auf?
Musst' den Namen gar nicht raten
ruf' ihn Fisch, da hört er drauf!

STILLE POST

Flüstern sie? Küssen sie?
Lüstern sie? Müssen sie?
Stupsen sie? Schubsen sie?
Streicheln oder schmeicheln sie?
Was tun sie, wenn sie so am Wandern
hautnah, beinah miteinander
ihre Flossen, Schuppen, Kiemen
haarscharf aneinander wiegen?
Sie küssen nicht, sie müssen nicht
sie drücken nicht, sie zücken nicht
sie kuscheln nicht, sie muscheln nicht
sie machen auch kein Barschgesicht.
Von Nord bis Süd und West bis Ost
– die Fische spielen stille Post.

IM AQUARIUM

Neulich im Aquarium
da schwammen viele Fische rum.
Sie wollten raus, ich wollte rein –
vergeblich war's, da ging ich heim.

PANGASIUS IN CHINA

Pangasius von Metternich
war alles, nur nicht adelich.
Das nervte ihn ganz fürchterlich
gewöhnlich – nein, das wollt' er nicht.

Er wanderte den Mekong
raufrunter, kreuz und quer.
Ein jeder hieß Pangasius
und alle war'n wie er.

Das war vielleicht ein schöner Mist
ein Fluss mit nur Genossen!
Jetzt ist er Oberkommunist
mit Streifen an den Flossen.

DER KOCHFISCH

Ein kleiner Kochfisch ging zur See
traf einen Wal und sagte: »He,
du bist ja ein fettes Tier
und gar kein Fisch, was willst'n hier?«
Dann muffelt er die Quallen an
was Quallen nicht gefallen kann.
Er schnauzt und stänkert laut und fies
er pöbelt und macht Muscheln mies:
»Ihr seid ja stumm und hässlich obendrein
und überhaupt auch viel zu klein: Und du
Butt! Aal! Und ihr, Makrelen!
Euch allen Gräten, Hirn und Seelen fehlen!«
So schreit der Kochfisch Tag und Nacht
man sich im Meer schon Sorgen macht:
Ist der denn irr oder bloß blau?
Hat er Tourette oder 'nen Hau?
Doch keins von diesen Dingen war
was dem Kochfisch so geschadet.
Es ist ganz einfach – also klar:
Der Kleine hat zu heiß gebadet.

DAS GESTREIFTE SCHNEPFENMESSER

Das gestreifte Schnepfenmesser
steht schwebend in der Flut
mit kerzengrader Sorgfalt
es sich bewegen tut.

Es hat auch viele Nachbarn
die hüpfen auf und ab
und wenn sie mal nicht wach war'n
da sinken sie hinab.

Der Himmel ihm zu Füßen
und überm Kopf der Grund
schwebt es mit schönen Grüßen
verkehrt herum, na und?

Da ist Musik drin

WALSCHWEIGEN

Mit einem Mal verstummte er
kein Ton wollt' ihm entfliegen.
Der Wal blieb still und sang nicht mehr
war wie ein Grab verschwiegen.

Man wusste nicht, woran es liegt
und zog besorgte Mienen.
Man fragte: »Hamse Appetit
auf Lebertranpralinen?«

Er machte »Quörk« und würgte schwer
wär' beinah abgetrieben.
Da holten sie 'nen Doktor her
– der hat ihn krankgeschrieben.

Man gab ihm Tang und Algenkraut
auf Flossen und auf Kiemen.
Er zuckte und gab keinen Laut.
Die Stimme war vertrieben!

Nun liegt er schon seit Tagen
im Bett des Hospitals.
Er hat – und kann's nicht sagen –
nur einen Frosch im Hals.

Popmusikfische

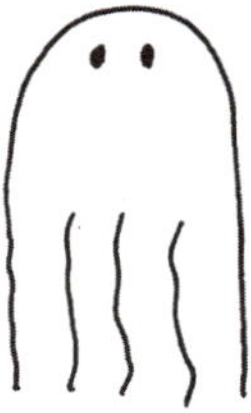

John

Standing on the shoulders of giants

Paul George Ringo

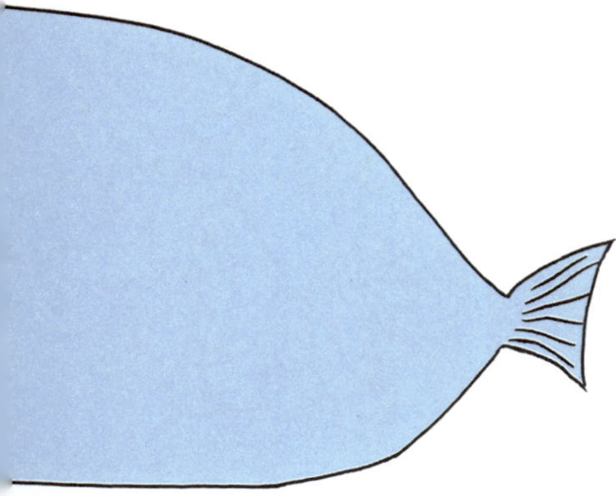

CHOR DER LARVEN

'Ne Larve sagte heimlich
zu ihrer Nachbarin:
Wenn ich mal aus dem Ei kriech
dann werde ich Marlin.

Wenn ich aus diesem Ei kriech
erwidert jene forsch
dann werde ich warscheinlich
ein dicker, fetter Dorsch.

Wenn ich aus meinem Ei kriech
gab eine andre an
ein blauer Lippfisch werd' ich
dann bin ich Frau und Mann.

Wenn ich mal endlich reif bin
schrill wer dazwischenquakte
will ich mit Armen greifen
deswegen werd' ich Krake.

Wenn ich mich aus dem Ei drück'
'ne schicke Larve nickt
werd' ich am Pol Beluga
und mache alles zu da.

Wenn ich mal nicht mehr ich bin
die kleinste Larve schwört
dann werde ich ein Stichling
und schwärme unerhört.

Wenn ich's aus diesem Ei schaff'
prahlt eine Larve taff
dann werde ich Muräne!
Gebt acht auf meine Zähne!

Und plötzlich riefen alle:
Ich will, ich weiß, ich werd'!
Bonito, Karpfen, Qualle
Koi, Barbe und Seepferd!

Und weil das etwas laut war
da trug der Schall hinfort
den Chor der Larvenbrutschar
Ich will, ich werd', sofort!

Kein Raubfisch sich mehr traute
auf Meter an sie ran
denn jedem Fische graute
vor dieser Wand aus Klang.

Wenn ich mal aus dem Teil komm'
stöhnt eine müde Stimme tumb
dann will ich meine Ruhe
dann werde ich ein Lump.

Das Petermännchen sitzt im Sand

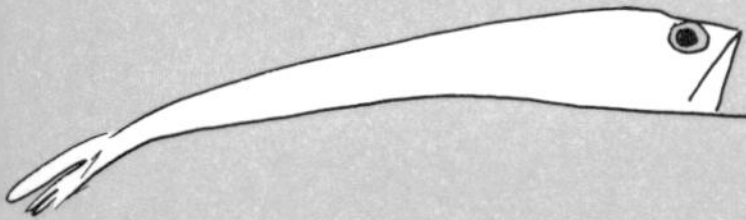

so wird es nämlich nicht erkannt.

Nur wenn es miese Laune kriegt

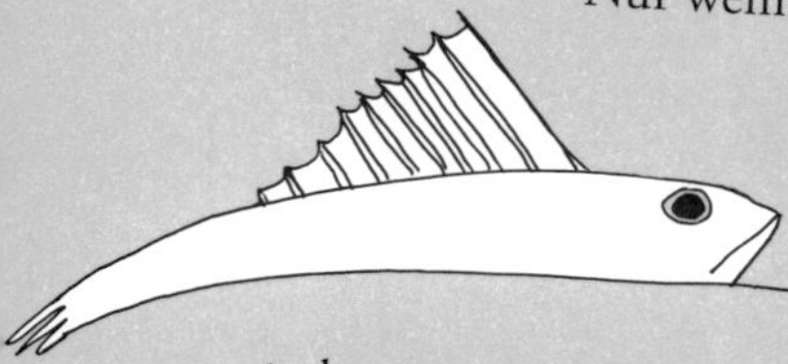

es dich mit spitzen Stacheln piekt.

Keine Zähne im Mund, aber La Paloma pfeifen!

KARPFEN BLAU

Ein Gin und dann vier Bier und Sekt
zwischendurch Likörkonfekt
darauf einen Chivas Regal
in der Bar am Meeresspiegel.
»Whisky on the Rocks?« »Na, einen.«
»Bommerlunder?« »Einen kleinen.«
»Ach, die Bowle ist mit Bols?
Und mit Rum? Der Teufel hol's!
Gibt es hier wohl auch Pernod?
Nein? Dann bitte 'nen Merlot!«
Und nach zehn Burgunder grau
war der Karpfen endlich blau.

MEIN RIFF

EY DU BRUCHFISCH MACH DICH LUFTISCH – DAS HIER
IS MEIN RIFF – VERSTEHSTE – HAST DU
KEINEN STYLE DANN GEHSTE – KRISS WAS
AUF DIE DIGGE SCHUBBE – ISCH MACH DISCH
BOOHYA BÖHJE SUBBE – KOMM ÜBER DISCH
WIEN PANZERWELS – RÜCK RÜBA FISCH
IN SANDBANKFELS – ISCH WERD ZUM
KNURRENDEN GURAMI – MACH DISCH PLATT WIE
EIN TSUNAMI, WEIL WENN ISCH RÄBBE
GIBTSN EINKLANG – OHNE WENN UN LABER
– BEIFANG – UND ISCH KLASPA DEINE
MUDDA – HÄ – DU WOLLTEST NUR MAL FUDDA?
SCHNEGGE NO GENAU BIS DU VON WECH
DA? NIEDERSACHSEN, LANDKREIS VECHTA?
KANNS NUR HOCHDEUTSCH ABA FLÜSSISCH?
DANN MACH DIE KIEMEN ZU –
UND KÜSS MISCH!

KEEP IT GEIL

Berühmtes Klavierstück
von Beethoven (französisch)

DER TROMPETENFISCH

Ein fröhlicher Trompetenfisch
der blies am liebsten Bach.
Besonders laut und künstlerisch
den ganzen langen Tach.

Er spielte Fugen, Arias
ganz ohne Partitur.
Kadenzen sind bei Bach ja das
was stimmt wie die Natur.

Er liebte Messen, Sinfonien
Kantaten, Fantasien
Präludien und Studien
Sonaten, Harmonien.

Doch mitten in dem schönsten Lauf
da sah er etwas ein.
Beim Kanon fiel es immer auf –
er tutete allein.

Er inserierte, fragte rum
und viele kamen her.
Doch schon nach dem Präludium
da konnten sie nicht mehr.

Die Flötenfische waren platt
der Trommelfisch k.o.
Gitarrenfische völlig matt
und er? Blieb halt solo.

Und immer wenn er musiziert
hör'n alle leise zu.
Nur manchmal summt wohltemperiert
ein Fisch 'ne Terz dazu.

Tanz des Schleierschwanzes

Noch immer Muskelkater?

QUALLENBALLETT

Es war am Samstag kurz vor acht
als sich die Qualle hübsch gemacht.
Sie war sehr fröhlich und adrett
sie wollte nämlich ins Ballett.

Sie kämmte einzeln alle Fransen
bügelte die Schleier zart
und war im Geiste schon am Tanzen
da hattese den Fischsalat.

In mehr als einem der Tentakel
saßen dicke Knoten drin.
Das war ein ziemliches Debakel
und die Frisur natürlich hin.

Ach, die Arme von der Armen waren
ganz verheddert mit den Haaren.
An Ballett war nicht zu denken
die Gute konnte ja nicht lenken.

Sie zuckte, ruckelte und schob
zerrte, schimpfte, wurde rot
schmierte Öl und Spülung rein
und half es was? Natürlich nein.

Am Ende warse fix und alle
lag wie gelähmt am Bühnenrand.
Doch heute rühmt man diese Qualle
weil sie den Ausdruckstanz erfand.

Kalligrafisch

TEENAGERFLOSSEN

Es war in etwa kurz nach sechs
da sprühte jemand auf den Fels:
Dies Riff ist nun instandbesetzt!
Und: Nieder mit dem dicken Wels!

Es roch nach Gras und frischem Bier
man hörte die Ramones
ganz laut und deutlich bis um vier
dann spielten sie Deftones.

Die Gräten hatten sie garniert
mit Stacheln grell und steif.
Mit Netzen sich den Rumpf verziert
am Heck ’nen Nietenreif.

Bald fing auch einer an zu schrei’n:
»Betrug und Schweinerei!
Wir wollen keine Brötchen, nein!
Wir woll’n die Bäckerei!«

Der hohe Rat im Ozean
hat aber nur gelacht
denn Punk ist eine Mode
und Milde eine Macht.

FOR CODS SAKE!
COD DOES NOT PLAY DICE
COD IS DEAD
COD SAVE THE QUEEN

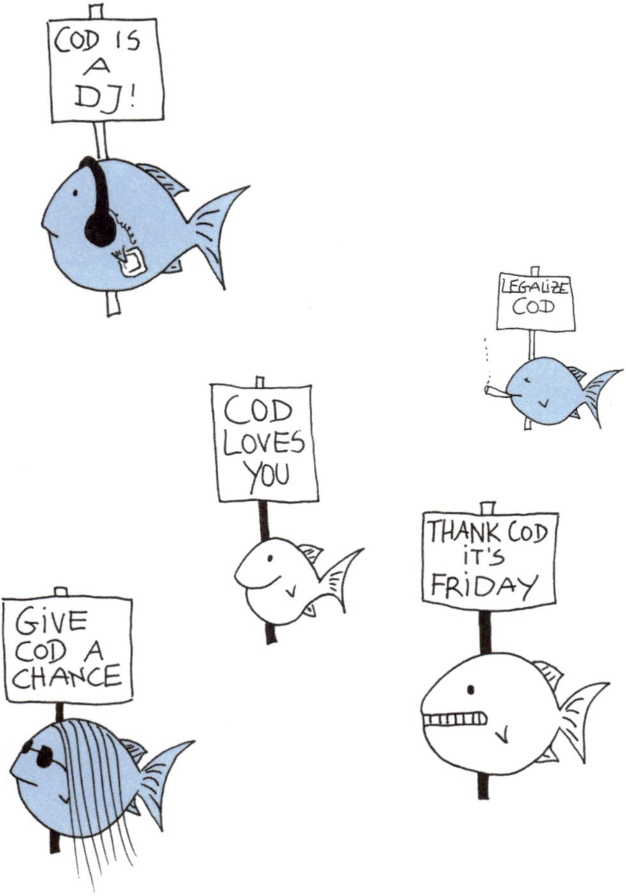
COD IS A DJ!
LEGALIZE COD
COD LOVES YOU
THANK COD IT'S FRIDAY
GIVE COD A CHANCE

Sie war blau wie ein Karpfen, als sie diesen Typen küsste.

Jnd dann hat sie geschlafen. Wo? Ach, wenn sie das noch wüsste.

DER METAPHORFISCH

Es gab mal diesen Fisch im Teich
der ständig sprach wie im Vergleich.
Ihm war die schönste Redewendung
so viel mehr als Zeitverschwendung.

So schlug er Böden Fässer aus
und setzt den Fässern Kronen auf.
Der Pfeffer lag bei ihm im Hasen
und das Wachs, das hört' er grasen.
Er nahm die Hände in sein Bein
und ließ dann Grade fünfe sein.

Er traf den Kopf stets auf den Nagel
wetterte laut Donnerhagel
und wie das Aug' aufs Fäustchen passt
trug er 'nen Ärmel tief im Ass.

Nahm keinen Mund auch vor das Blatt
'ne Schüssel in dem Sprung er hat.
Die Pfanne ward im Hund verrückt
der Elefant, er wurd' gemückt.

Das Dorf blieb in der Kirche drin
am Nagetuch er hungernd hing
den Himmel aus dem Blau er log
der Schippe sprang er oft vom Tod.

Und seine Freunde machten stur
'ne böse Mien zum guten Spiel.
In unsres Fisches Weg war nur
andauernd dieses blöde Ziel.

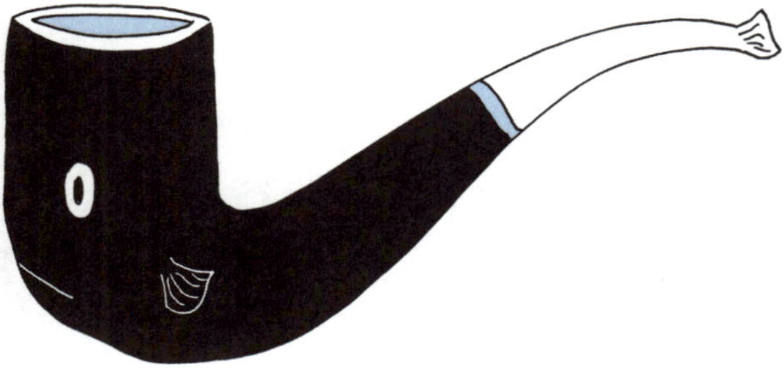

Ceci n'est pas une Tabakspfeifenfisch

DER ROCKNROLLMOPS

Der Stichling sticht
die Scholle schollt
der Aal sich aalt
der Rollmops rollt.

Der Knurrhahn knurrt
die Scholle schmollt
die Krake krakt
der Rollmops rollt.

Der Silberfisch
wär' lieber gold.
Dem Hecht ist schlecht
der Rollmops rollt.

Der Weißfisch weiß:
Der Schleimfisch schleimt.
Der Zierfisch ziert
der Rollmops reimt.

Der Kochfisch kocht
der Snapper snappt
der Backfisch backt
der Rollmops rappt.

Der Raubfisch raubt
der Stockfisch stockt.
Und endlich, schaut:
der Rollmops rockt!

Arbeitskreis

Kleiner Fischverkehr

Walfahrt

FISCHPARADE

Der Donaulachs, der Donaulachs
er gleitet ohne Bohnerwachs.
Der Gabelwels, der Gabelwels
isst ohne Messer, ihm gefällt's.
Der Büffelfisch, der Büffelfisch
er büffelt viel, doch nützt es nischt.
Der Katzenhai, der Katzenhai
der hat sein Fell heut' nicht dabei.
Das Blaumaul, das Blaumaul
ist ausgesprochen maulfaul.
Die Lodde, die Lodde
würd' Goethe gern verschrodde.
Der Buckellachs, der Buckellachs
fällt auf. Warum? Der Buckel macht's.
Die Pampel, die Pampel
macht sich rein gar nix aus Gehampel.
Dem Kleist, dem Kleist
gehen alle auf den
Nerv.

SAGT DER

Sagt der Stremel zu den Groppen:
Ihr sollt nicht im Wasser poppen
Sagt 'ne Groppe zu dem Stremel:
Ätschmann, tun wir wohl, du Dämel.

Sagt ein Streber zu den Blicken:
Würmer könnt ihr heute knicken
Sagt 'ne Blicke zu dem Streber:
Halt die Klappe, heut' gibt's Leber.

Sagt der Schwertfisch zu dem Boot:
Weich hinweg, ich mach dich tot!
Das Boot sagt: schwapp und schwipp und schwapp
und bricht dem Fisch die Nase ab.

Die Zingel sagten zu den Brassen:
Ihr sollt im Teich kein Wasser lassen.
Die Brassen riefen: Was ein Stuss!
Und machen nun in einen Fluss.

WIDERSACHER

Die größten Feinde der Sardellen
sind die mörderischen Wellen.

Die Widersacher aller Thunen
war'n von jeher die Harpunen.

Das größte Elend der Karauschen
ist die Donau und ihr Rauschen.

Die schlimmste Unbill der Makrelen
ist, wenn wieder welche fehlen.

Doch der Freund von jedem Fisch
isst – na was? Ve-ge-ta-risch!

Hausarrest?

FISCHVERKEHR

In einem tiefen Meeresgrund
da blühten alle Seelen.
Korallen, Fische, Quallen
Seesterne und Garnelen.

Und es kamen immer mehr
und alle blieben da.
Das gab 'ne Menge Fischverkehr
wo vorher Leere war.

»Obacht!« »Weg da!« »Passt doch auf!«
hörte man sie schreien.
»Schwimmense doch bitte rauf!«
»Au, sind Sie gemein!«

»Sie Flossenkopp, Sie, hörnse mal
Sie können hier nicht stehn!«
»Ou, Himmel, beinah hätt's geschuppt
na, hamse das gesehn?«

Das Durcheinander war perfekt
chaotisch, aber dann
hat ein gestreifter Fisch entdeckt
wie man es regeln kann:

Rechts vor Links und Grün vor Gelb
und Wal hat immer recht.
Will man sinken, zuerst blinken
sonst geht's allen schlecht.

Streifen lassen Punkte vor
Rot bleibt immer stehn.
Und wer keine Farbe hat
der soll sich eine nehm.

Ein Papageienfisch ist nu
als Ampel installiert.
Und nachts tut er kein Auge zu
damit auch nichts passiert.

Und keiner brüllt und keiner schreit
und keiner pöbelt rum.
Sie gleiten hin wie selbstbefreit
denn Fischverkehr ist stumm.

FISCHE WEINEN

Fische greinen
Fische weinen
keiner sieht es ihnen an.

Fische tauchen
Fische brauchen
auch mal Liebe, irgendwann.

Fische fragen
Fische sagen
nie was laut, man hört sie nicht.

Fische sehen
Fische stehen
nachts allein im Sternenlicht.

Fische leben
Fische geben
alles hin, wenn sie es müssen.

Fische machen
Fische lachen
weil es kitzelt, wenn sie küssen.

Fische jagen
Fische tragen
ihre Schuppen ohne Haare.

Fische sinken
Fische trinken
viel zu viel, vor allem Klare.

Fische wärmen
Fische schwärmen
und sie wissen alles besser.

Fische frieren
Fische zieren
sich vor jedem scharfen Messer.

Fische ziehen
Fische fliehen
fort, sobald etwas nicht stimmt.

Fische beißen
Fische heißen
Fische, weil sie Fische sind.

In See stechen

Ich steche in See!

DER COWBOYFISCH

Der Cowboyfisch schwamm oft allein
und hörte Radio.
Am liebsten was mit Steelguitar
mit Banjo oder so.
Nachts träumte er von der Prärie
und hohem Felsgestein.
Sah sich im Geiste Bohnen braten
nachts im Feuerschein.
Was gäb' er für ein Schießgewehr
und einen Cowboyhut
doch so was fand er nicht im Meer,
nur Algen, Sand und Flut.
So schwamm er weiter, ganz allein,
und sang zum Radio.
Das hörte nun ein Seepferdlein,
es rief: »Yippie Ai Yo –
auf dich hab ich gewartet!«
nickt es ihn munter an.
Nun reiten sie gemeinsam
in den Sonnenuntergang.

DIE FLUNDER

Die Flunder, die Flunder
die brauchte immer Zunder.
Sie tanzte gern von früh bis spät
und hofft', dass es so weitergeht.

Doch einmal, ja, da spürte sie
'nen bösen Stich im linken Knie.
Das war für einen Schwimmer
nicht schlimm, sondern viel schlimmer.

Sie humpelte zu ihrem Arzt
doch war der leider furchtbar hart:
Die Lage ist beschissen
die Bänder sind gerissen.

Was sie darauf so kurzerhand
erst einmal richtig lustig fand.
Sie nahm ja gerne alles leicht
sie war der Hecht im Karpfenteich.

Doch wurde es nun schwerer
sie musste in die Reha.

Die Flunder, die Flunder
wird heute immer runder.
Hier liegtse nur noch rum und flach
das hatse jetzt vom Zunder.

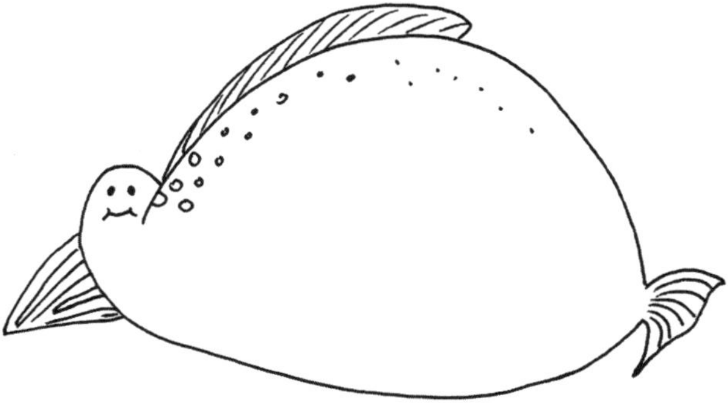

DAS KABEL

Am Meeresgrund
ein Kabel lag
das brummte monoton.

Weil durch dieses
Kabel gab
man starken Wechselstrom.

Ein Fisch erwachte
in der Nacht
er hörte Stimmen drohn.

Dann dachte er:
Mal sachte
es war wohl nur der Mond!

Wieder schlief er
träumte tiefer
nun von einem dumpfen Ton.

Im Schlafe rief er:
Warten Sie!
und dann: Ich komme schon!

Am Meeresgrund
ein Kabel lag,
das brummte monoton.

Es kam durch
dieses Kabel
der Strom vom Telefon.

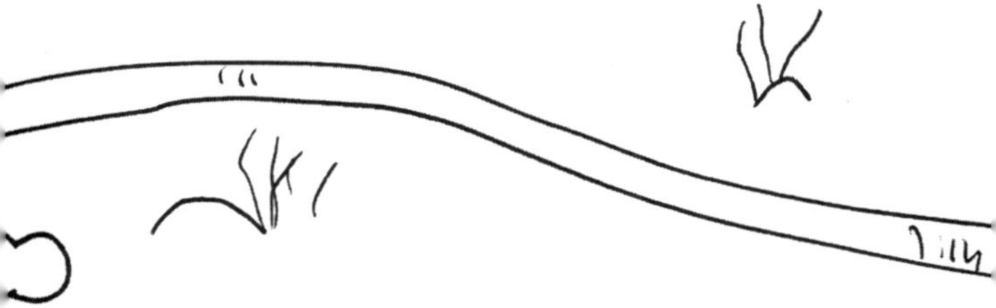

TRAURIG IN AURICH

Ein Felchen hatte Fernweh
nach Urlaub an der Nordsee.
Es suchte Amrum oder Föhr
Hauptsache: Wind und Wattenmeer.

Zuerst kam es nach Helgoland
was es nicht gerade dufte fand.
Es schob sich müde bis nach Sylt
wurd' mit Champagner abgefüllt
– nur hatte es kein Geld dabei.
Es flüchtete nach Norderney.

Doch schon die erste Woge
trieb es nach Wangerooge.
Es fand den besten Futtertrog
alsdann am Strand von Langeoog
und trieb es ziemlich wüst
in einem Klub auf Juist.

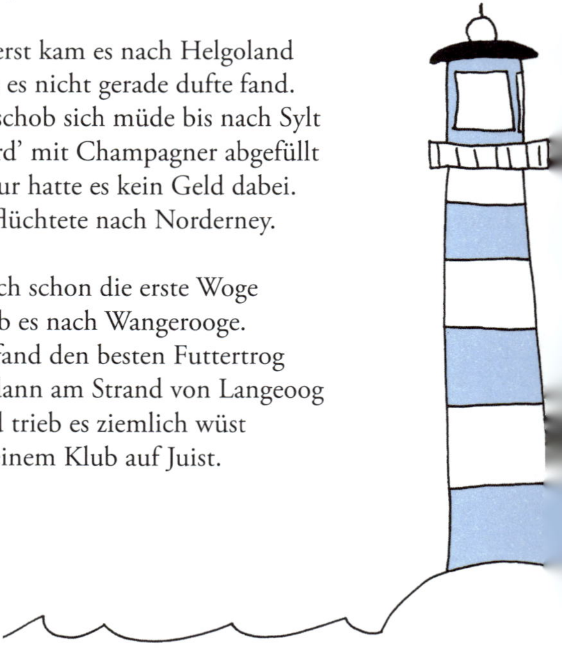

Das Felchen sieht zum ersten Mal einen Leuchtturm.

Bald schaute es belämmert
ins letzte Glas auf Memmert.
Wattwanderte und fror stumm
im Nieselwind auf Borkum
begann sich zu entfremden
und strandete in Emden.

An Land fiel ihm das Gehen schwer
es humpelte frustriert nach Leer.
Vor Heimweh wurd' es traurig
und starb daran – in Aurich.

DIE BLAUE FORELLE

Die blaue Forelle
schwamm im Gefälle
gegen 'ne Welle
jetzt hatse 'ne Delle.

DIE GRIPPEWELLE

Erst, da keuchten die Sardellen
und bald hustete der Hecht.
Böse röcheln die Forellen
und den Heringen ist schlecht.

Kopfweh, Fieber bei den Fischen
keiner mehr verlässt sein Haus.
Denn den Wal darf's nicht erwischen
wenn der niest, ist alles aus.

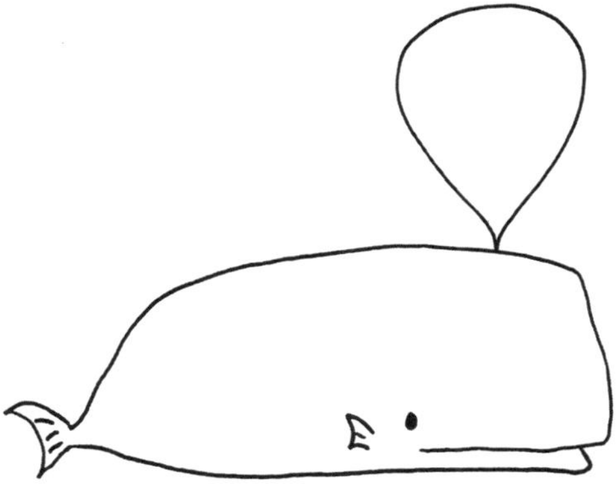

Telegrafisch

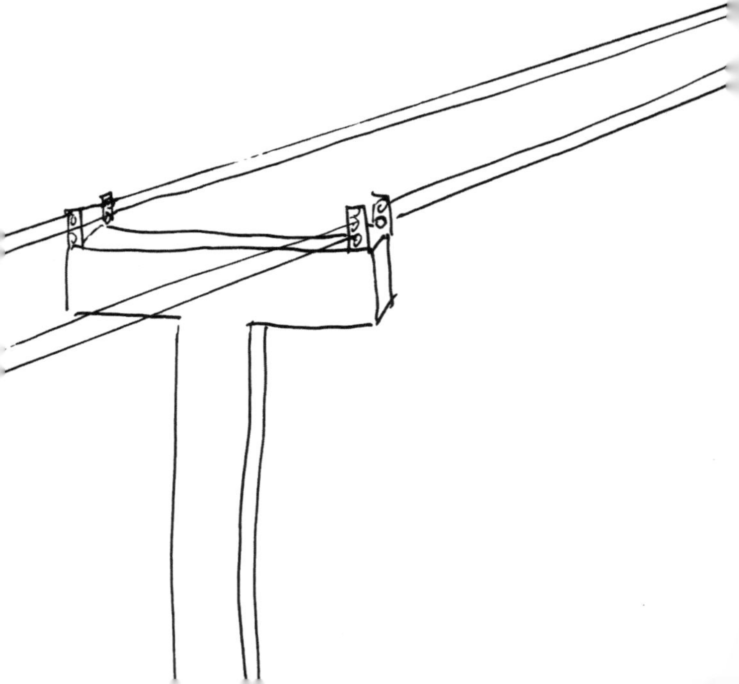

DER DÖBEL

Was hat der Döbel schon gesehn:
Badehosen, Waden, Zehen
Alditüten, Hühnerbeine
Kaffeebecher, Krankheitskeime
Felsen, Kescher, Kies und Reusen
Münzen, Präser, Sand und Schleusen
Regenwürmer, halb ersoffen
Suppendosen, zu und offen
Ruder und Motorenschrauben
Bild am Sonntag, Chips und Trauben
Shampoo und Benzinkanister
– nur Schwanenfesseln, die vermisst er.

In Japan macht man – sapperlot – immer noch die Wale tot.

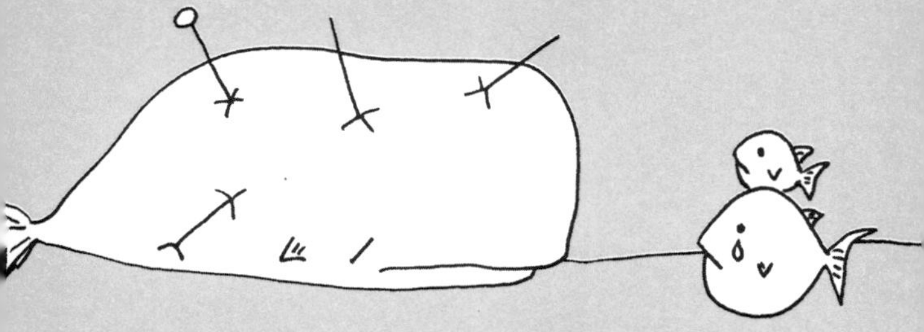

Doch könnten Wale aua sagen – Japaner würden Trauer tragen.

Störfall

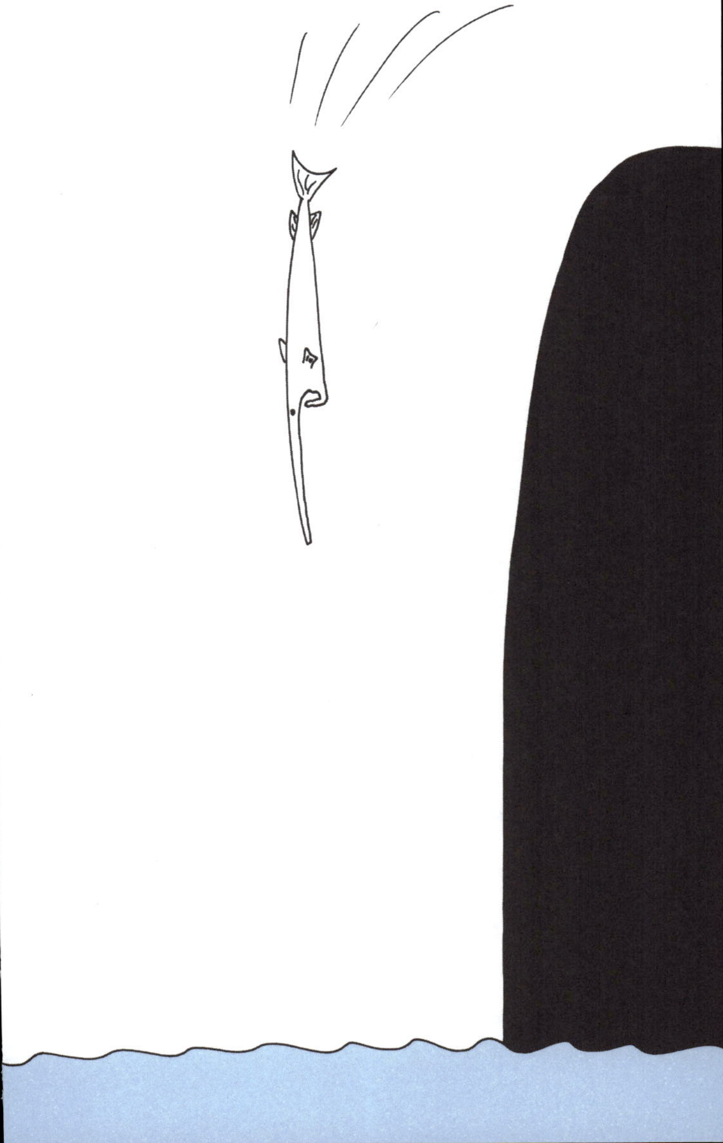

DIE VERRENKTE RENKE

Es gab mal 'ne verrenkte
Renke mit 'nem Schwanz
der immer, wenn sie lenkte
blockierte, und zwar ganz.

Sie ging zum Chiropraktiker
der drehte, schob und zog.
Der Schwanz wurd' eher wackliger
und sie fand ihn zu grob.

Sie suchte einen Yogi auf
der klärte ihren Flow.
Danach, da warse moody drauf
so: Om? Nee! Padme? No!

Der Sportarzt schickte sie sofort
'ne Runde in den Wald
die Renke wusste: Sport ist Mord
und hat ihn gleich bezahlt.

Ein Heiler kam mit hohler Hand
dem Kronenchakra nah.
Die Renke sah 'ne Feuerwand
das Steuer, es blieb starr.

Sie spritzte sich Magnesium
nahm Voltaren und glitt
wie ohne Äquilibrium
in jeder Welle mit.

Sie schwamm wie Free Jazz, synkopiert
so zackig und mit Schub
mit Purzelbäumen variiert
die klappten plötzlich gut.

Nun gab's da diesen Turnverein
den Nautic TSV.
Der fand die Renke ungemein
gelenkig und genau.

So ging ein Monat in das Jahr
die Renke blieb verrenkt.
Sie ist am Reck der Superstar
wer hätte das gedenkt?

Fisch mit Migrationshintergrund

SCHWERE SEE

Es war einmal ein Fisch am Fluchen:
Was hab ich im Meer zu suchen?
Mörderhaie, DDT!
Stürme, Müll und schwere See!
Und er kam bald zu dem Schluss
besser wär's an Land zu Fuß.
Und er schob und paddelte
zog sich hoch und krabbelte
durch den Schlick ans trock'ne Land
wo er bald die Menschen fand.
Oh, die Luft schien so viel dünner
doch der Rest, er war wie immer:
Mörder, Haie, DDT
Stürme, Müll und schwere See.

HOCHSEEGEDICHT OHNE FISCH

Walgesang und Schwermetall
Kutterfang und Tankerstahl
Ölteppich und Echolot
Eisbergtod und schockseenot.

Oben, unten, rechts und links
schwimmt keine Seele, doch es stinkt
nach Müll und Dreck und Altöleimer
logisch, reimt sich darauf keiner.

Kartografisch

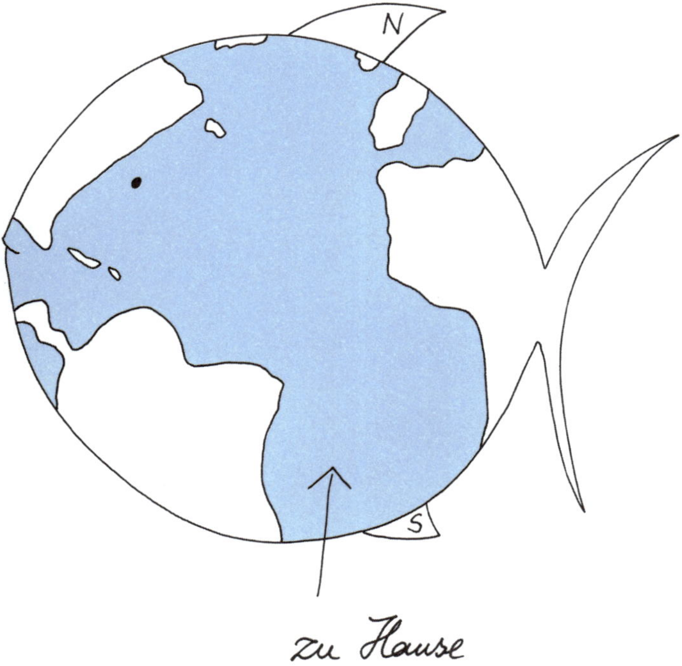

FISCHBESTECK

Es traf im Meer der Löffelstör
den Schnepfenmesserfisch.
Ein Gabelbart kam hinterher –
jetzt decken sie den Tisch.

DER AALPHABET

Es war einmal ein Fisch im Meer
der liebte die Buchstaben sehr.
Er zählte sie von früh bis spät
man nannt ihn auch den Aalphabet.

Doch eines Tages fehlte ihm
das große F, und das war schlimm
denn nun gab's große Ische
und sonst nur kleine fische.

Er sucht' im ganzen Ozean
von oben bis nach unten.
Das große F war irgendwann
ganz vollständig verschwunden.

Der Aalphabet, er war nicht blöd
er tat, als wär's normal.
Und seitdem ist der größte Isch
kein Isch mehr, sondern Wal.

Ins Netz gegangen

Der Junge
ist schon wieder
ins Netz gegangen!

Wie eine Stadt im Westen Amerikas zu ihrem Namen kam.

Merry Fishmas

BAUMREIM

Advent, Advent, dein Fischlein brennt.
Erst eins, dann zwei, dann drei, dann vier
komm, wir essen heut' bei mir.

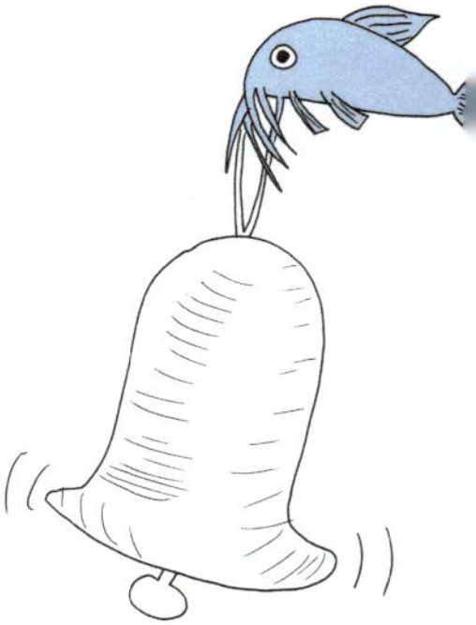

JINGLE WELS

Ein Glöckchen fiel ins Meer
und sank tief auf den Grund
da kam ein dicker Wels daher
und nahm es in den Mund.

Und als der Wellenschlag
die kleine Schelle traf
da macht sie leise Pingpingping
und Klingelingeling.

Refrain:
Oh, Jingle Wels, Jingle Wels
singt der Ozean.
Dem Wels gefällts, dem Wels gefällt's
weil er jetzt bimmeln kann.

Oh, Jingle Wels, Jingle Wels
klingt es in der Flut.
Und alle Fische sind im Glück
weils fröhlich bimmeln tut.

Unterwasser hört man nichts
der Fisch hat's meistens still.
Das ist der Grund, warum der Fisch
es immer bimmeln lassen will.

Und wer sich mal gewundert hat
warum ein Fisch nicht fliegt.
Sonnenklar, er sucht am Meeresgrund
ob da ein Glöckchen liegt.

Refrain:
Oh, Jingle Wels, Jingle Wels ...

Jingle Wels

Musik: Traditional
Text: Arezu Weitholz und Udo Schöbel

Jingle Wels, Jingle Wels singt der Oz - e - an dem
Wels gefällts, dem Wels gefällts weil er jetzt bim-meln kann oh
Jingle Wels, Jingle Wels klingt es in der Flut und
alle Fische sind im Glück weils fröh-lich bim-meln tut

AN DEN WEIHNACHTSMANN

Lieber guter Weihnachtsmann
schau mich nicht so böse an.
Ich will ein liebes Fischlein sein
beiß' in keinen Wurm mehr rein.
Werd' auch immer fleißig beten
und nie wieder Schollen treten.
Und wenn ich's wirklich machen muss
kriegst du einen nassen Kuss.

Der Döbel

Der Pufferfisch sich nett benahm

außer, wenn Knecht Ruprecht kam.

HEILIGNACHT

Jedes Jahr zum Fest der Liebe
begab es sich zu seiner Zeit
dass ein heller Stern da bliebe
des Nachts am schwarzen Himmelskleid.

Leise schweigen die Karauschen
still zieht eine Prozession
Königskarpfen, und wir lauschen
einer Wiegen Engelston.

Drinnen ruht ein winzig klein
liebes, gutes Fischelein.
Bald, so raunen diese Engel
wird auch aus dir ein Fischebengel.

Der Güster

Nach der Predigt Heilignacht
gehn alle schnell nach Haus.

Nur der Güster nicht, der macht
wie stets die Lichter aus.

WEIHNACHTSKARPFEN

Am Weihnachtsabend
wenn die Bescherung längst gefeiert
wenn Kinderaugen leuchtend
in die bunten Fenster schauen
wenn liebe Lieder leise aus dem Apparat geleiert
und unterm Baum die Großen
heimlich Legobagger bauen.

Wenn junge Menschen ihre Lust
in wildem Tanz versenken
und andre ihren Geist der Weihnacht
im Gebet ermessen.
Dann treffen sie sich endlich in den Schatten
und sie denken an ihre Brüder.
Die wurden schändlich aufgegessen.

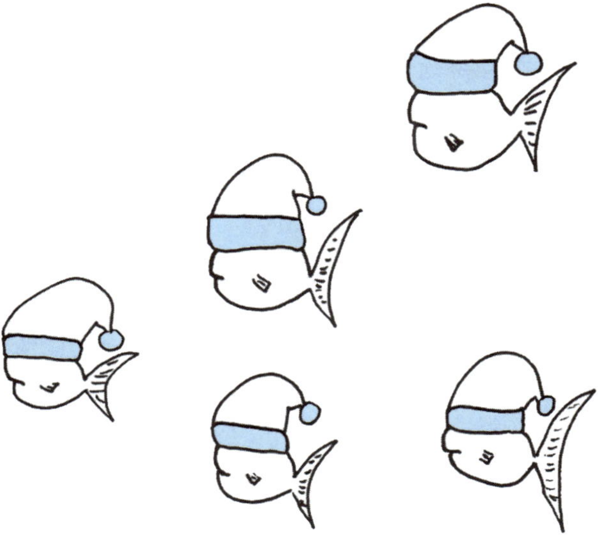

Schneemänner

2

4

WINTERSCHLAF

Wenn der Frost die Nasen beißt
kalter Wind am Wasser reißt
wenn die Wellen hart wie Stein
Berge nur aus Eis gedeih'n
sitzt am Grund des Meeres stumm
ein Atlantikdorsch. Warum?
Ach, er dreht sich noch mal um.

Tannenzapfenfische

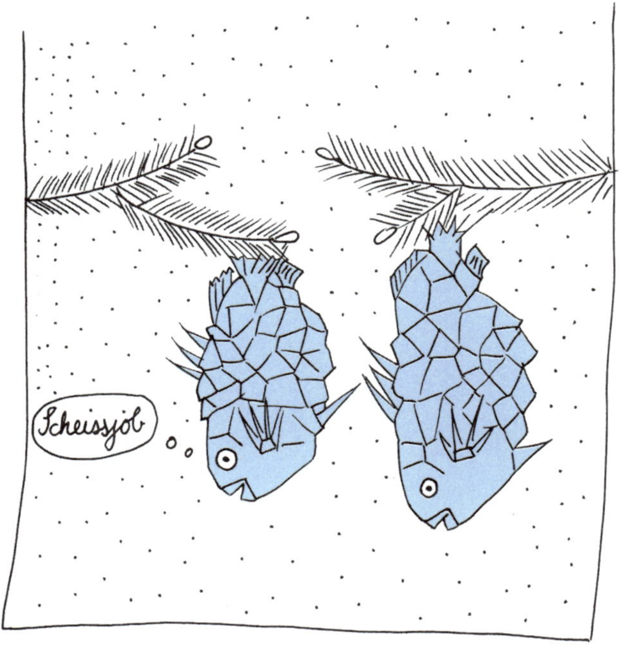

A – Z der kleinen Fischkunde

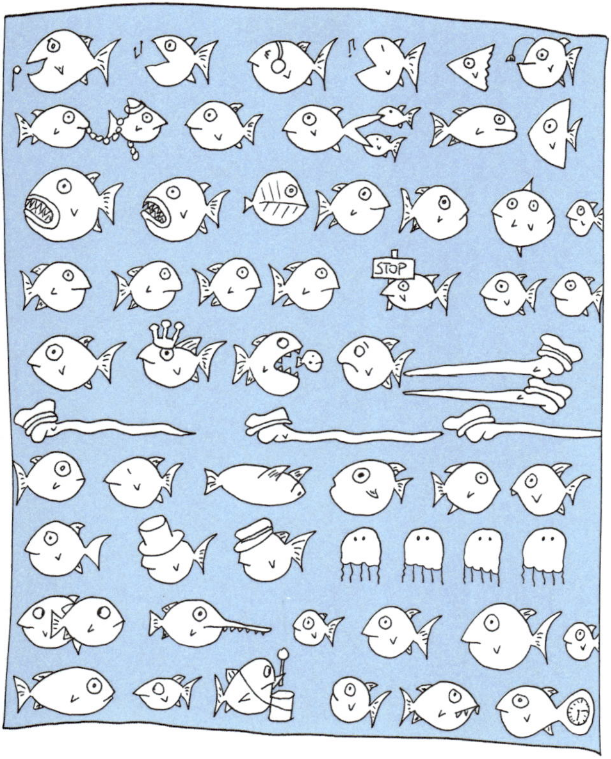

Aal Capone
(am Schreibtisch)

AAL CAPONE –

Aal Capone ist ein Gauner und gilt als Erfinder des organisierten Verbrechens im Meer. Aufgrund seiner verschlagenen Glipschigkeit gelang es ihm schon als Jungaal, Schutzgelder von Bärschen, Hechten und Haien zu erpressen. Später betrieb er Wettbüros (Wattbüros) im nördlichen Atlantik. Aufgrund einer schweren Aallergie gegen Talerfische zog er sich 1991 aus allen Hochseegewässern zurück. Er schreibt heute Krimis.

BEISTELLFISCH –

Der Beistellfisch ist ein Landfisch, den man anlehnend an harten Oberflächen in windgeschützten Gegenden findet. Da er unter Wasser Gleichgewichtsprobleme bekommt, ist ein Auftreten seiner Spezies in Flüssen, Teichen und Meeren selten. Der Beistellfisch lehnt sich am liebsten an Polstermöbel, wie etwa Sofas und Sessel, manche tragen dabei sogar Gegenstände. Wenn er sich bewegt, wird ihm schlecht.

Pflugnasen-Chimäre

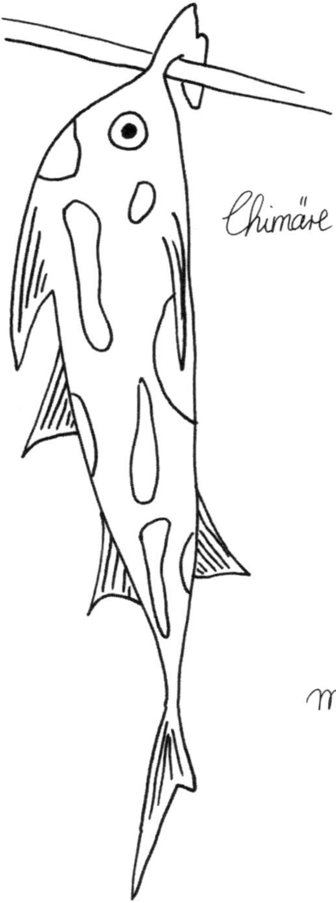

Chimäre in der S-Bahn

mit Hotdog

CHIMÄREN –

Chimären sind bizarre Zwitterwesen, die weltweit in tiefen und kalten Gewässern ihr Dasein fristen. Sie bestehen aus Ersatzteilen und haben oft verbeulte Köpfe oder leicht schielende Augen. Viele besitzen ausgemusterte Argonautenflügel und eine muskulöse Hakennase. Mit dieser Pflugnase graben sie am Meeresboden nach Nahrung; sie benutzen sie gelegentlich auch als Besteck oder zum Festhalten in öffentlichen Verkehrsmitteln.

DOPPELKOPF –

Seit dem Kreidezeitalter ausgestorben. Angeblich im Jahr 1988 in den Kanalisationen von Tschernobyl gesichtet. Nachweis jedoch strittig. Naturwissenschaftler führen die Doppelköpfigkeit dieses Fisches auf eine tief sitzende Unentschlossenheit zurück – der Doppelkopf will stets in entgegengesetzte Richtungen schwimmen.

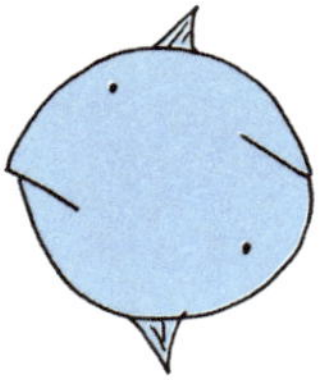

ELEFANTENRÜSSELFISCH –

Elefantenrüsselfische (auch Mormyriden) produzieren Elektrizität in individuellen Wellenlängen. Sie paaren sich ausschließlich mit Artgenossen gleicher Schwingung. Da sind sie wie die Menschen.

Elefantenrüsselfisch (Stromsparspezies)

$$V = >1 \qquad \Omega = x \qquad \frac{V}{\Omega} =$$ 

Das elektrische Feld des Mormyriden (Elefantenrüsselfisch) bleibt stets seiner individuellen Amperezahl treu. Bei einem variablen Wasserwiderstand und einer Spannung von unter einem Volt liegt seine Stromstärke bei  A.

FRAUENNERFLING –

Der Frauennerfling ist ein Süßwasserfisch. Er redet ununterbrochen und am liebsten über sich. Er ist ein Angeber, hängt an Wochenenden oft in Fischbars ab und besitzt ein endständiges Maul.

GLOTZAUGE –

Glotzaugen sind Fische, die unter der sogenannten Glotzäugigkeit leiden. Dabei kommt es vor allem in Aquarien zum monströsen Anschwellen der Bindehaut und einer Verformung der Augen. Sobald man aufhört, Glotzaugen anzustarren, geht die Schwellung zurück.

HAARE FISHNA –

Religiöser Schwarm, der im Kratersee des Vulkans Mazama gegründet wurde und nun in den seichten Gewässern des US-Bundesstaats Oregon lebt. Haare-Fishna-Anhänger benutzen ihre ungewöhnlich langen Haare zum Steuern und als Kommunikationsmittel. Sie haben rote Schuppen, die im Alter ins Orange ausbleichen. Sie ernähren sich von Plankton, Hirse und singen gern.

IMPERATORKAISERFISCH –

Der Imperatorkaiserfisch legt sehr viel Wert auf Prestige, weswegen man ihn selten ohne sein Zepter sieht. Er lebt einsiedlerisch in den Untiefen des Naboo-Riffes, züchtet in seiner Freizeit Todesseesterne und geht anderen Meeresbewohnern mit anti-republikanischer Propaganda auf den Keks.

JAILHOUSE COD –

Der Knastkabeljau (bekannter als »Jailhouse-Cod«) liebt Rock'n'roll und Rumba, kann gut singen und hat einen phänomenalen Hüftschwung. Er sitzt wegen längst verjährter Vergehen (Ruhestörung, Schwimmen auf dem Gehweg) noch immer im Juwel Rio 350 ein.

KARTOFFELKARPFEN –

Lebt normalerweise in etwa fünf Metern Tiefe in Korallenriffen an der Ostküste Australiens. Kann bis zu drei Meter lang werden. In Erde ist er resistent gegen Kartoffelkrebse, aber anfällig für Langeweile und spontanes Rumbrüten. Schmeckt erdig. Keimt gern.

Kartoffelkarpfen „Sieglinde"
(in Gefangenschaft, norddeutscher Moorboden)

LUMPFISCH (SEEHASEN) –

Aufgrund ihres plumpen Körperbaus sind Lumpfische ausgesprochen schlechte Schwimmer und werden wegen ihrer seltsamen Kopfform von anderen Fischen als »Seehase« verunglimpft.
Zu Ostern arbeiten sie in Aquarien als Hingucker, ansonsten ziehen sie die Einsamkeit vor. Ihre einzigen Freunde sind Igelfische, mit denen sie gelegentlich um die Wette schwimmen.

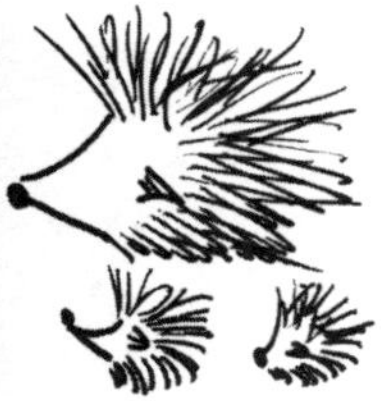

MONDFISCH –

Der Mondfisch (welcher auf der Südhalbkugel Sonnenfisch genannt wird) wurde im 18. Jahrhundert von Matthias Claudius entdeckt und inspirierte ihn zur Komposition des »Abendliedes«, im Volksmund bekannt durch die erste Zeile: »Der Mond ist aufgegangen«. Mondfische sind gutmütige Knochenfische, heiraten nie, ernähren sich von Gebeten und leuchten im Dunkeln.

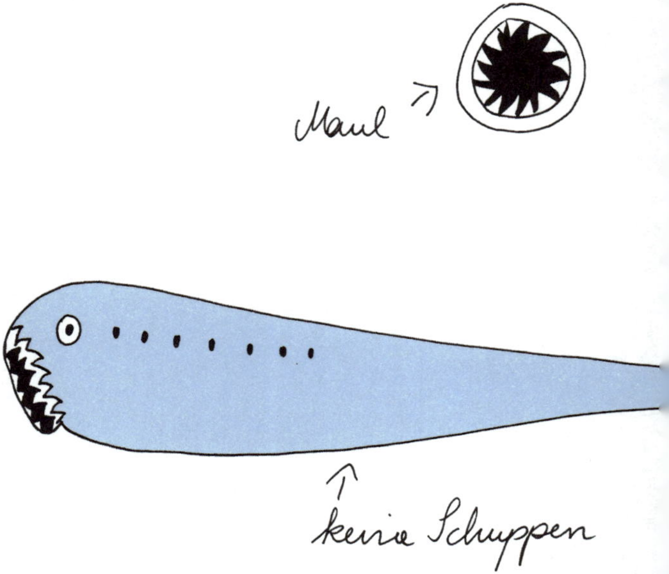
Maul
keine Schuppen

NEUNAUGE –

Als man das Neunauge entdeckte, zeigte es sich nur von der Seite, weswegen die Leute dachten, die sieben Kiemen und die Nasenöffnung seien Augen. In Wahrheit hat es aber nur eins, und das ist rudimentär, also ein bisschen verkümmert. Neunaugen beißen sich dauernd mit ihrem runden Maul an anderen Fischen fest und saugen deren Muskelfleisch, was nicht nett ist. Möglicherweise tun sie das aber aus reiner Verzweiflung. Neunaugen besitzen keine Schuppen und haben ein unstillbares Bedürfnis nach Nähe.

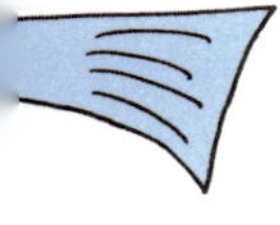

OHRENBARSCH –

Ohrenbärsche gehören zur Familie der Sonnenbärsche, haben aber weder eine einheitliche Klassifikation noch feste Wohnorte. Der Einfachheit halber unterscheidet man sie anhand ihrer Ohrengröße (Groß-, Klein- und Keinohrenbärsche). Ohrenbärsche hören besser als Fledermäuse und sind sehr neugierig.

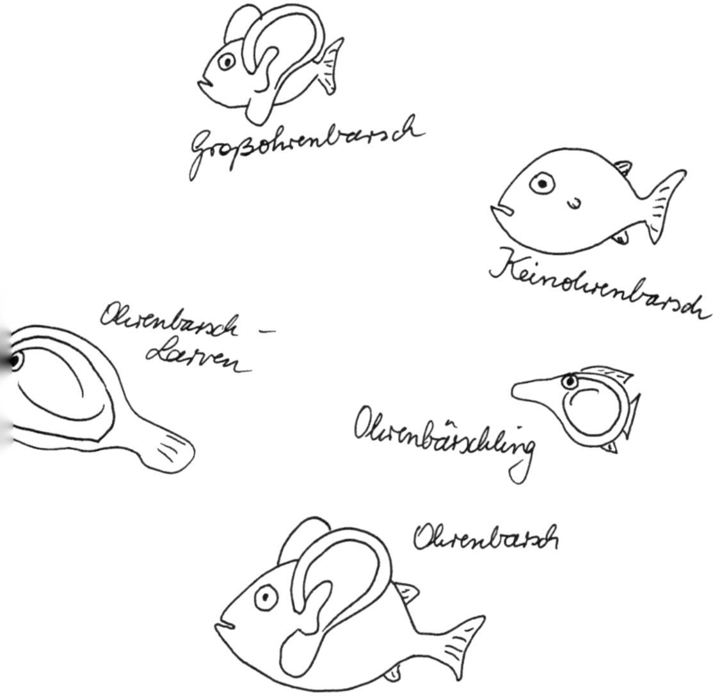
Großohrenbarsch
Keinohrenbarsch
Ohrenbarsch-Larven
Ohrenbärschling
Ohrenbarsch

PICASSOFISCH –

Picassofische erschaffen durch trickreiche Reflektionen eine fraktale Wirklichkeit, in der man die Dinge nicht mehr so sieht, wie sie sind, aber dennoch als solche erkennt. Jungfische haben eine bräunliche Farbe, die sich im Alter ins Blaue verkehrt. Für einen gut erhaltenen Picassofisch bekommt man zwischen 10 und 20 Millionen Talerfische.

QUAPPE –

Obwohl sie zur Familie der Raubfische gehören, sind Quappen wahre Friedensstifter. Sie leben in Gewässern mit überdurchschnittlich viel Gerede und tragen am Kinn ein einzelnes Barthaar, an dem man nicht ziehen sollte. Wenn es wieder einmal hoch hergeht, ruft meistens irgendwer: »Haltet doch endlich mal alle die Quappe!« Und schon ist es wieder still.

RÜCKENSCHWIMMENDER KONGOWELS –

Der rückenschwimmende Kongowels gehört zur Familie der Fiederbartwelse und lebt in den Uferregionen des Kongo-Regenwaldes. Er ist ein extremer Angsthase und exzessiver Rückensch-wimmer, denn er lebt in ständiger Angst, von einem Vogel gefressen zu werden.

SCHLIPSFISCHE –

Wurden früher ausschließlich als modische Accessoires getragen. Seit dem 19. Jahrhundert aber gelten sie im englischen Königreich als Delikatesse. Dort kennt man sie unter dem Namen Fisch & Schlips – oft bis zur Unkenntlichkeit frittiert.

Fisch und Schlips

stumpfer Damenschlipsfisch
mit Plisseeflosse, ca 1870, Paris

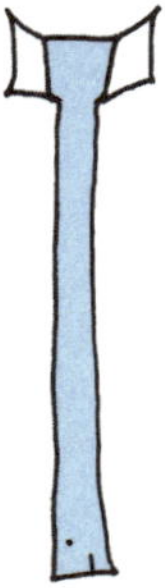

Skaschlipsfisch (secondhand)
Schuppen synthetisch; ca 1981,
London

Smokingfisch (Fischfliege)
Samtschuppen; ca 1972, Köln

indischer Plattschlips
Sichelknoten; ca. 1920
Mumbai (Bombay)

TROMMLERFISCHE –

Süßwasserfische aus Südamerika, berühmt wegen ihrer lautstarken Umzüge beim Karneval in Rio. Sie werden auch Umberfische genannt, denn sie trommeln am liebsten zur Melodie von »Umber, Umber, Täterä«.

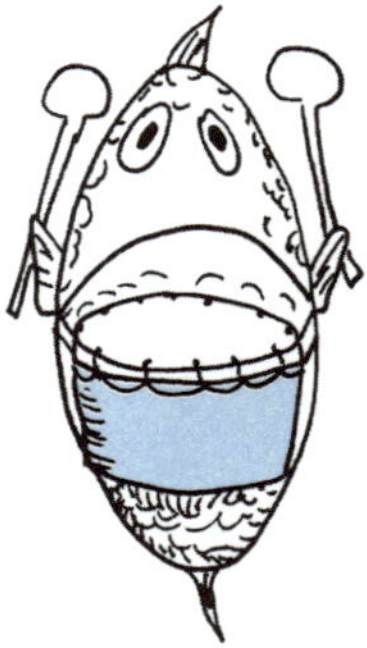

Basstrommelfisch

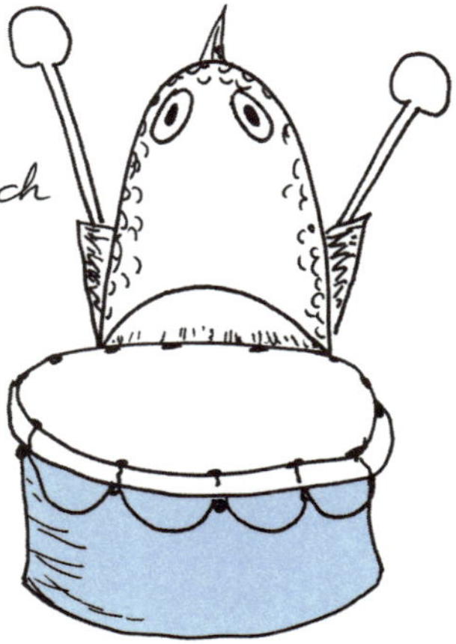

Bongofisch

URFLOSSER –

Urflosser sind altertümliche Knochenfische und heute ausgestorben. Im Mittelalter der Erdgeschichte weit verbreitet, dienten sie Pantoffeltierchen und anderen Einzellern als Götzen, Wecker und Stoppuhr. Mit Anbruch der letzten Eiszeit gingen sie jedoch mehr und mehr nach und sind im Jungpleistozän endgültig stehen geblieben.*

* Es gibt auch Mondphasen-Urflosser-Repliken aus Bangkok, die gehen aber immer nach.

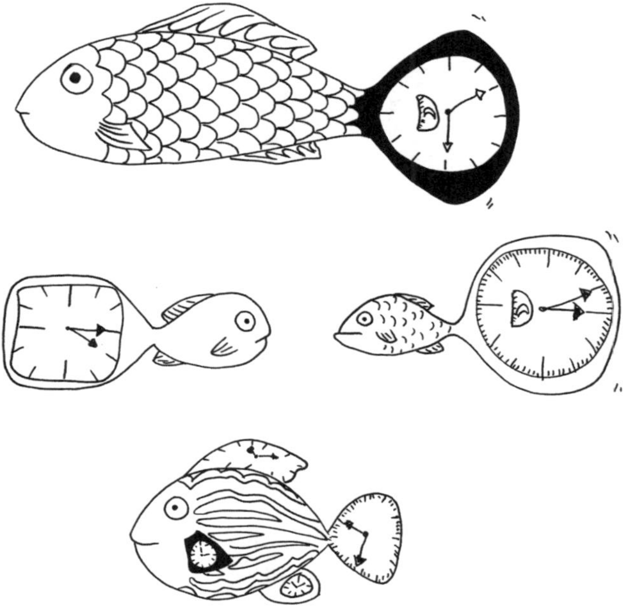

VFL BOCHUMFISCH –

VfL Bochumfische steigen gerne auf und wieder ab. Man erkennt sie am bekümmerten Gesichtsausdruck. Sie rechnen stets mit dem Schlimmsten.

WICHTELKÄRPFLING –

Wichtelkärpflinge leben in den Gewässern des Mittleren Ostens der USA vorzugsweise in dichtem Schilf. Sie gehören zu den kleinsten Wirbeltieren der Welt und zeichnen sich durch ruckartige Bewegungen beim Schwimmen aus. Ihre Mützen behalten sie dabei auf.

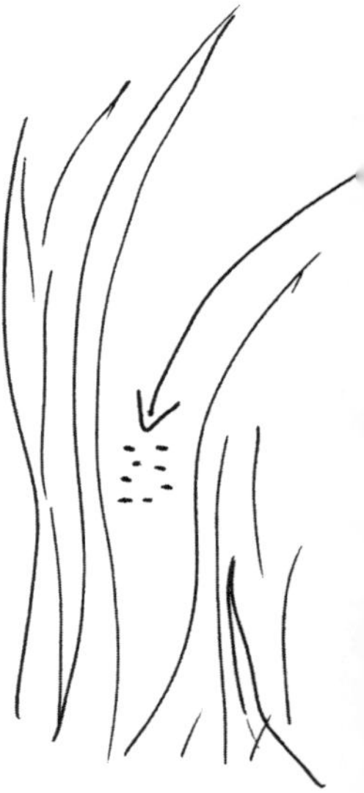

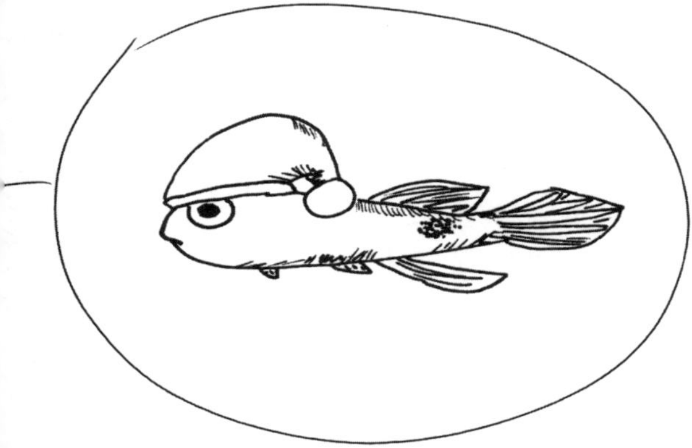

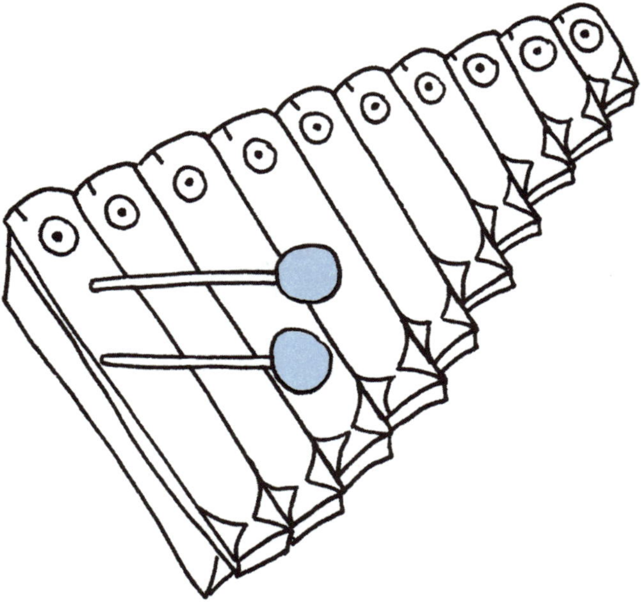

XYLOPHONFISCH –

Südamerikanische Tropenfische, die seit den späten Siebzigerjahren des vergangenen Jahrhunderts unter Artenschutz stehen. Sie stammen aus den Tiefen des Urwaldes von Guyana und eignen sich aufgrund ihrer hohlen Mitte und der stabilen Holzhaut als Resonanzböden. Xylophonfische leiden allerdings häufig unter schlimmen Kopfweh und sind überhaupt nicht musikalisch.

YOGAFISCH –

Aufgrund der schlechten Luft in indischen Uferregionen entwickelten asthmakranke Yogafische die nach ihnen benannte Meditationstechnik, die heute weltweit praktiziert wird. Mit der Position »stehende Welle« etwa wird die Brustatmung gestärkt, der »Taucher« weitet das Lungenvolumen, der »Wattwurm« trainiert die unteren Rückenmuskeln, und die »gekrümmten Schillerlocke« löst Blockaden. Entgegen verbreiteter Annahmen ist Yoga aber keine spirituelle Praxis und dient nicht der Hingabe an Gott. Bei angeblich »erleuchteten« Yogafischen handelt es sich um Blender.

ZIEGELFISCH –

Karpfenähnlicher Fisch mit Schieferpanzerung anstelle von Schuppen, oft schwarz oder dunkelrot. Ihre Haut ist schmutz- und wasserabweisend, wegen ihrer Bewegungsarmut sind sie beliebt als Dachbelag. Ziegelfische werden bis zu dreißig Zentimeter lang und halten je nach Witterung bis zu fünfzig Jahren.

Walisische Ziegelfische

(Flachziegelschuppen, unverfalzt)

Appendix: Kleine Flossenkunde

Zackenheck

Imperatorheck

Haiheck

Allerweltsheck

Heckschleier

Standartseitenflosse

harte Seitenflosse

einfache Seitenflosse

Heringsschwanz

Eckschwanz

Herzschwanz

Schwimmflügel

Flossen weg

Verzeichnis der Gedichttitel und *Gedichtanfänge*

Arezu Weitholz wurde 1968 in Niedersachsen geboren und lebt heute in Berlin. Sie arbeitet als Journalistin, Illustratorin und als Textdichterin u.a. für Herbert Grönemeyer, Die Toten Hosen, Udo Lindenberg, 2raumwohnung und Madsen.

Gestaltung: Heidi Sorg & Christof Leistl, München
Druck und Bindung: Kösel GmbH, Krugzell
ISBN 978-3-95614-199-7

www.fishyouwerehere.net
www.kunstmann.de